在诸神退隐的时代，
只有诗人还在追寻诸神的踪迹，
在明暗的夜晚道出神圣。

苏缨　毛晓雯

著

时光诗书的

当你老了

湖南文艺出版社　博集天卷
HUNAN LITERATURE AND ART PUBLISHING HOUSE　CS-BOOKY

一个时代的风华与隐痛：
我读《诗的时光书》

　　花有两种。一种是喜欢争奇斗艳的，可以在城市花坛的方寸之地变幻出专业色标上的所有颜色；你有时仅仅给了它们一座阳台，但它们仍然疯长得一如原野尽出的春草。尽管我们时时遇见这样的花儿，它们却总能够带给我们一些惊喜，尤其当我们侧身挤过人群或趁着最后两秒钟的闪烁绿灯跑过斑马线的时候。

　　另一种花儿并不艳丽，只静静地开放在某个崖壁的最高处，你若盯着它看，即便在无风的日子里也会感到一丝眩晕。你还会恼它，因它过于珍惜每一针花蕊与每一线叶脉，不可理喻地以优雅的姿态小心抑制着生命力的喧腾，使每一片花瓣的生长都如同死去的森林在亿万年的地底生成墨色的煤——那"前劫之灰"记载着史前时代大地板块剧烈撞击的信息，在露水的冰凉里潜藏着火焰的温度。

　　两种花儿分别是两种文字，我更欣赏第二种，所以我会喜欢苏缨和毛晓雯的文字，尤其是这本《诗的时光书》。她们的文字大气、从容——绝不雕琢辞藻、玩弄符号，或设计一些空有华丽外表却不知所云的句子，就连意象都用得极之开阔，鲜有一盏昏灯、一树桃花、一帘夜雨之类的自伤自怜（这是女作家的通病），不吝于为画面铺设深邃而苍茫的底色。

我有幸在《诗的时光书》出版之前就成为它的读者。苏缨和毛晓雯两位作者意图以这本书带我们"重返高贵的诗歌时代"，她们谈论久远历史中的诗歌与诗人，而她们的谈论本身亦不逊色于她们所谈论的。她们的谈论，甚至有种史诗般的力量：一篇不过几千字，却时常让人感觉荡气回肠，还有什么文字，比这部作品更适合拿来解说所谓"文字的张力"呢？所以我不是喜欢，而是迷恋这样的文字，它从不用浮夸的姿态和琐屑的情爱来刺激泪腺，若你落泪，那定是心受到了震荡。

　　在这本书所有的篇章中，我尤其偏爱叶芝那一篇。作者的语气，似老者追忆某段晦暗模糊的往事，没有完整情节，不过一些碎片。絮絮叨叨，断断续续，想起来说两句，忽而又沉默下去。维特根斯坦说："语言的极限就是世界的极限。"对此，我曾深以为然，但是这篇文字，使我重新审视维特根斯坦的观点：语言的极限，确是世界的极限；但世界的极限，并非灵魂的极限。语言所能表达的疆域，往往不及灵魂疆域的千分之一。就像贺连的故事，作者说多少伤心、挣扎，你也未必能全然体会她的痛惜。她索性只言说她所能言说的，那些无法形容的哀痛，她交给灵魂去诉说，以及交给另一些灵魂来倾听。阅毕全篇，不禁深深叹息：与其说作者写的是贺连们的个人悲剧，不如说她们写的是一个时代的悲剧；与其说作者写的是一个时代的悲剧，毋宁说作者哀悼的是理想主义的飘零。

　　《诗的时光书》中，每一篇文字各不相同：或缱绻，一如月光流淌的痕迹；或清新，散发着青柠檬的香气；或悠扬，像舒伯特的小夜曲；或铿锵，给文字最有力的节奏和秩序……而对理想主义的感怀，贯穿全书始终。这本书最令我珍惜的，便是两位作者通过她们精致的文字，不仅给予我们美的享受，使我们重返高贵的诗歌时代；更使我们在这个"理想渐远"

的时代，重新获得向理想奔跑的力量与勇气。

　　唠叨了这许多，打住。最后祝愿正在翻阅这本书的你，与我一样，在她们的文字中找回你所失去的东西。

桑柔

神使赫尔墨斯的学问

1.

赫尔墨斯（Hermes），希腊神话中的神使，小腿上生着一对翅膀，可以灵巧地御风飞行，为人间传递奥林匹斯山上的神谕。

神谕，像一切巫师和预言家说出的那样，总是含糊不清、模棱两可的，审慎的人类也总是直到事后才晓得神谕当中所蕴含的深意。但即便没有这个因素，人们也不敢对赫尔墨斯抱有十足的信任，因为除了神使这个身份之外，赫尔墨斯还是骗子和窃贼的保护神。所以，要想从他的嘴里破译神谕的真谛，绝不是一件容易的事。

但是，破译工作总要去做，无论是针对神圣的经典还是世俗的文本，总要有人去把赫尔墨斯那迷离莫辨的语言阐释清楚。于是，这门"阐释"的学问就被人们叫作"赫尔墨斯的学问"，即 hermeneutics。中译名轻易放过了它的词根，只是干巴巴地译作了"阐释学"。

2.

诗歌从来都是最让阐释学着迷的对象，因为它兼具神谕与谎言的双重特征，诗人素来也兼具神使与骗子这两种名声。那么，作为本书作者的我们，究竟应该采取怎样的阐释策略呢？

不，没有任何策略，因为那些诗歌对于我们，既非神谕，亦非谎言，而是映现在我们一段段生活切片中的一朵花、一片叶、一束光、一滴血、一种回声、一个个为笑声或哭声而做的索引、似水年华里尚未消隐的若干关键词中的一个或几个。

我们，写这本书的两个人，写各自的诗歌、岁月、生活，每个人构成这本书的一半。若不在每篇文章底下各自署名，看起来便不像两个人分别的私语，浑然倒像是一个时代的低吟。

苏缨　毛晓雯

目　录

朝圣者的心以及
朝圣者陨落的年代 **01**
2

只一人爱你朝圣者的心，
爱你哀戚的脸上岁月的留痕。
——叶芝《当你老了》

爱比死更冷 **02**
16

玫瑰尽情盛开……而后凋零……
这就是故事的全部……
只除了我听到响声：
在那地面之上
众多细碎的脚步……
——阿加莎·克里斯蒂《野玫瑰》

求生 **03**
28

我是你路上最后一个过客
最后一个春天，最后一场雪
最后一次求生的战争
——保尔·艾吕雅《凤凰》

谁也不知道在那些
未被选择的选择里 **04**
究竟会发生什么 42

小路在缀满黄叶的树林里分了岔，
可惜我只能选择其中的一条……
——罗伯特·弗罗斯特《那条未走的路》

令人困惑的人生哲理 **05**
62

凡存在的都合理，这就是清楚的道理。
——亚历山大·蒲柏《人论》

从"一见钟情"到
"不期而遇" **06**
74

既然素不相识，他们便各自认定
自己的轨道从未经过对方的小站；
而街角、走廊和楼梯早已见惯
他们擦肩而过的一百万个瞬间。
——辛波丝卡《一见钟情》

炽热或倦怠的爱情 **07**
86

有时半夜醒来，她听他的均匀的呼吸
而感到安心，但又不知道
这一切是否值得，
那条河流向了何处？
那些白花又飞到了何方？
——麦克尼斯《仙女们》

意象的种子在
无边的宇宙里疯长 **08**
98

为什么我非得离开你，
在夜的利刃上劈伤自己？
——艾米·洛威尔《出租车》

植物的爱情与
诗歌的理趣 **09**
114

我那植物的爱情缓慢滋长，
超出了所有伟大帝国的辉煌版图。
——安德鲁·马维尔《致他娇羞的女友》

被阳光刺穿的夜晚 **10**
130

人孤独地站在大地的心上
被一束阳光刺穿：
转瞬即是夜晚。
——卡西莫多《转瞬即是夜晚》

2

我的小葡萄牙人 **11**
134

我爱你像最朴素的日常需要一样，
就像不自觉地需要阳光和蜡烛。
——勃朗宁夫人《葡萄牙人十四行诗集》第43首

爱情三种 **12**
150

世界上最遥远的距离不是生与死的距离，
而是我站在你面前，你却不知道我爱你。
——[托名]泰戈尔

当时只道是寻常 **13**
164

还记得吗，有一次我忘了提醒你那是一个
正式舞会，
结果你穿着牛仔裤亮相了？
—— 一个普通美国女子的无名诗歌

麦田里的守望者 **14**
170

你要是在麦田里遇到了我……
——罗伯特·彭斯《走过麦田来》

宿命与爱 **15**
182

我以为爱可以永远，但我错了。
不再需要星星了，把它们都摘掉吧，
包起月亮，拆掉太阳，
倒掉大海，扫清森林，
因为现在一切都没有意义了。
——奥登《葬礼蓝调》

因为我还没有听到
波斯人的说法 **16**
194

爱好真理的波斯人不多谈
在马拉松打的小小前哨战。
——罗伯特·格雷弗斯《波斯人的说法》

猫与踩着小猫脚步的雾 **17**
200

雾来了，
踩着小猫的脚步。
——卡尔·桑德堡《雾》

找到一只醉舟逍遥向海 **18**
208

如果我想望欧洲的水，我只想望
那黑冷的小水洼，到芳香的傍晚，
一个满心悲伤的小孩蹲在水边，
放一只脆弱得像蝴蝶般的小船。
——兰波《醉舟》

有阳光、空气和土地的地方，
就有草叶在疯长 **19**
226

啊，船长！我的船长！
我们完成了惊险的远航……
——瓦尔特·惠特曼《啊，船长！我的船长！》

当人们不再相信"怀才不遇" **20**
238

世界上多少晶莹皎洁的珠宝
埋在幽暗而深不可测的海底；
世界上多少花吐艳而无人知晓，
把芬芳白白地散发给荒凉的空气。
——托马斯·格雷《墓畔哀歌》

空虚时代的无用诗人 **21**
262

我只是个空虚时代的无用诗人。
——威廉·莫里斯《大地乐园》

威廉·巴特勒·叶芝

（William Butler Yeats, 1865 — 1939 ）

/

/

/

爱尔兰诗人、剧作家，1923 年诺贝尔文学奖获得者，"爱尔兰文艺复兴运动"的领袖。诗人艾略特曾盛赞叶芝是"当代最伟大的诗人"，而我更喜欢同为诗人的奥登为叶芝写的悼词——"疯狂的爱尔兰将你刺伤成诗"。这悼词曾使我无限向往爱尔兰：到底是怎样的土地，能将一个人，刺成"唯独一人爱你那朝圣者的心"这般美丽的诗句？

01 朝圣者的心以及
朝圣者陨落的年代

只一人爱你朝圣者的心，

爱你哀戚的脸上岁月的留痕。

——叶芝《当你老了》

1. A.D.2000

掌声响起，帷幕落下。美丽的凯瑟琳匆匆地谢幕，又匆匆地离开。

这是 1989 年的 5 月，北京的天空无风无雨，燥热不安。

"演出还行吧？"贺连问着，点上一支烟（我竟然很怀念这个镜头，怀念那份只有年轻时代才会有的矫情的抽烟样子），"这也算叶芝早年的名剧了。当然了，演员都是业余的，虽然演得有点过火，但的确都挺认真的。"

我点点头，若有所思。

"凯瑟琳可真漂亮。"贺连接着说。

"叶芝当时也是这么想的，他的凯瑟琳名叫茉德·岗，惹得他苦苦追求了一辈子，甚至追不到手，又转而追求她的养女。但是，此时此地，我倒要问你，你是喜欢茉德·岗更多些呢，还是喜欢剧中真正的凯瑟琳？"

贺连竟然犹豫了……

贺连是个诗人。在那个年头，"诗人"这个头衔既不像李杜时代那样的弥足珍贵，也不像现在这样的无足轻重，只是比较泛滥罢了。是的，贺连就是方圆三公里的数千名诗人当中还算小有名气的一位。写诗之余他也搞搞别的，例如组织几个爱好者演个话剧什么的。据实说来，有些演出尽管稍嫌晦涩（这是那个时代的风气），但的确可以说是很成功的，比如刚刚谢幕的这场《胡里痕的凯瑟琳》。

贺连是个诗人，在燥热的 1989 年，他狂热地迷恋叶芝。我不知道这种近乎青春期式的热情究竟能持续多久。我曾自以为是地对他说过，叶芝的东西并不耐读。但我知道自己并没有能力去劝服一个初恋中的少年让他相信他的梦中偶像其实相貌平平，所以也就从来不与贺连就这个问题作太多的争论，只是说，也许明年，也许后年，时间一长，你就会相信我说的。

"那就走着瞧，"贺连一副桀骜不驯的神色，在某一天交给我一本英文版的《叶芝诗集》，"存在你那儿，也许有一天你会喜欢。"

就这样，我们都把对胜利的期许交托给了时间。现在，我已经知道了在十年前那场年轻人的无足轻重的争执中，自己早已兴高采烈地败下阵来，但贺连呢？

我已无法知道当初自己那个幼稚的预言是否应验，因为就在当年，我们得到了贺连的死讯。那一瞬间，我想起了他未曾回答我的那句问话："此时此地，我倒要问你，你是喜欢茉德·岗更多些呢，还是喜欢剧中真正的凯瑟琳？"

我至今也不知道那位美丽的业余演员究竟姓甚名谁，只听说在那次演出之后她曾同时受到贺连和另一位格律诗人的追求。在那场短暂的爱情里，

她经常同时收到原创或抄录的各式中文与西文的诗作。来自贺连的比如
"When you are old and grey and full of sleep……"；来自那位情敌的比
如"暂分烟岛犹回首，只渡寒塘亦并飞"。中西合璧，传为一时笑谈。

后来，因为怀念，也因为焦灼，我经常翻看贺连留下的那本英文版的
《叶芝诗集》，书是英国 Guernsey 公司出版的，封面是 Emery 油画的叶
芝半身像，色调偏暗，满是忧伤。书也很厚，868 页，加上我的英文水准
平平，所以看得颇为吃力。但贺连是细读过的，页边页角总是写满了注释，
时而中文，时而英语。而且，往往还是以谈话者的口吻——在争论中，多
是以我为假想敌；在私语中，应该是向着他的那位茉德·岗了。他的最后
一笔像是摘录了一段什么，无头无尾，含混晦涩，唯一可以肯定的是，他
谈话的对象绝对不会是我：

She is older than the rocks among which she sits, like the vampire, she has
been dead many times, and learned the secrets of the grave; and has been a
driver in deep seas, and keeps their fallen day about her; and trafficked for
strange webs with Eastern merchants, and, as Leda, was the mother of Helen
of Troy, and, as Saint Anne, the mother of Mary; and all this has been to her but
as the sound of lyres and flutes, and lives only in the delicacy with which it has
molded the changing lineaments, and tinged the eyelids and the hands.

文字是极美的，这后面又跟了一行字："改文成诗，我虽有库霍伦的
气概，却没有叶芝的才思。"

几天后的一个晚上，游游荡荡的我恰巧在一处小草坪上撞见了那位业
余的女演员。她在给几个师妹讲解着《胡里痕的凯瑟琳》的前前后后，最

后归纳说："在叶芝的笔下，爱尔兰是一个又老又丑的妇人，但只要所有的男子汉都具备了库霍伦的武士气概，并决心为她献身，她就会重新变成美丽的皇后。"说完，好像想到了什么，忽然间黯然神伤。

我转身离开。一路上都在疑惑着，贺连的那段无头无尾的引文到底是在暗示着什么？那作为海伦母亲的丽达和作为玛丽母亲的圣安尼到底是在伤悼着他曾以一颗纯真的心挚爱过的凯瑟琳，还是那"有着朝圣者的心（叶芝语）"的让他患上单恋的女子？

很快，进入20世纪90年代了。《叶芝诗集》我已托人转送给那位女子。此后，隐约听说她去了维也纳，在优裕的艺术世界与富饶的物质生活里相夫教子，无忧无虑。国内的朋友还偶有谈及贺连的死亡，或谓愚蠢，或谓冲动，莫衷一是。看看街头巷尾，来来往往的还是那些表情木然、生活如常的芸芸众生，我也就放下诗情与才思，放下回忆与憧憬，悄悄地混进了人潮人海之中。

时隔多年，早已无人关注过去的是是非非了，就连我自己也多少疏远了那位早已死去多时的不相干的爱尔兰诗人，转而去关注一些更现实的、在旁人眼里更加值得追慕的东西。一次偶然，在闲情逸致中胡乱阅读，竟然在一本书中翻到了贺连那段奇妙引文的中译，而且还是出自王佐良这位大家的手笔：

　　她比她所坐的岩石更古老；像吸血鬼，她死过多次，懂得坟墓里的秘密；曾经潜入深海，记得海沉的往日；曾同东方商人交易，买过奇异的网；作为丽达，是海伦的母亲，作为圣安尼，又是玛丽的母亲；而这一切对她又像竖琴和横笛的乐音，只存在于一种微妙的情调上，表现于她生动的面目和她眼睑和双手的色调。

也是这才知道，这段文字是培特在他的《文艺复兴历史研究》中描述《蒙娜丽莎》的一段。但是，仍然不解的是，除了丽达曾在叶芝的诗中作为主角出现，全文和叶芝又有什么关系呢？

如今，已时隔十年之久了。夜深人静，心思的一半在追思往事，另一半在读着一篇随笔。文中说比之过去，现在的青年学子要实际得多了。"五八"事件后，他们可以上午去喊口号打倒人家的丑恶制度，下午去大使馆排队办理签证。是呀，那种理想主义的气氛已经一去不复返了，钓鱼岛的民间捍卫行动竟然只有香港学生出面。夜深了，贺连的那位茉德·岗出人意料地从维也纳打来了越洋电话，说某日某时乘机抵京，想来探访京华旧识。十年了，她说她已变老，怕我认不出，说在手里会拿一本英文版的《叶芝诗集》，是英国 Guernsey 公司的版本，封面有 Emery 油画的叶芝半身像。她说十年了，叶芝还是那么忧郁。如果等得心急，她也许会翻开看看，看那篇《胡里痕的凯瑟琳》，叶芝的凯瑟琳衰老如昔，谁会有库霍伦的武士气概呢？再有，贺连的那段引文不过是指叶芝曾在编辑《牛津现代诗歌集》时，把培特的那段文字改成诗体，并放在了诗集之首，贺连只是信口道来，也许并没有什么特别的含义。

夜深人静，我也许是读书累了，不小心睡了过去。贺连的红颜旧识哪儿还会记得我的存在？但关于引文的解释怎么想都像是真的，那就等哪天有空闲去查查资料吧。

我仍记得，凯瑟琳有着惊人的美艳，在贺连的书里，她从来都不会变老。

2. A.D.2010

写下以上那篇文字并且用了一个比真名更像真名的笔名发表，不知不觉地，迄今又已十年。这十年间，陪过桓大司马一起凄怆江潭，又从那株情何以堪的柳树上折下嫩枝，送给彭城飞来的燕子，听它们呢喃着一个白杨做柱、红粉成灰的故事；正好把故事卖给多才的纪昀，由他在阅微草堂里敷衍出两三则不可告人却偏偏告人的鬼话；然后跟着德富芦花去辨识北海道繁杂的植物种类（看一位散文名宿如何建构出小普林尼式的古代野心），继而不待休整，便又在埃兹拉·庞德的地铁站里任所有候车人吐出的白蒙蒙的呵气把自己的脸孔意象化成湿漉漉的、紧贴着黝黑的枝条的花瓣，于是年复一年……

但是，其实，若抛开这些人名、地名、掌故、意象——是的，所有这些都只不过是文学的粉饰，剩下的支离破碎，才是这岁月流光里的真实生活的样子。

幸好，在所有的支离破碎里，总算有一块碎片是留给贺连的：我竟然译了一本叶芝的诗集。如果他还在，我想我或许并不会题献给他，因为我喜欢雕琢诗歌微妙的音色，而他从来都不懂得欣赏。他曾说我是一个重形式甚于内容的人，他也许说对了，所以我不幸沦为大多数，"太多人爱过你青春的片影，爱你的美，以虚情，以真情"，所以不太服气地看着贺连遗世独立，"只一人爱你朝圣者的心，爱你哀戚的脸上岁月的留痕"。

这是叶芝的名诗《当你老了》（*When You Are Old*）当中最华彩的句子，是叶芝写给他毕生的女神茉德·岗的，也是贺连曾经抄赠给那位美丽的业余演员的。不知道天堂里的贺连是否也愿意回忆往事，更不知道贺连的凯瑟琳在这个数码时代里是否还固执地保存着当年的相册。我只是不可救药地牢记着他青涩的吸烟的样子和她优雅的谢幕的样子，这两个已经和我没有了任何关系的人啊。当你老了，当你们老了的时候，我也老了，曾经属于我们的那个朝圣者的时代也随着我们这些当事人的老去而一同凋谢了。此时，如果贺连当年的那个情敌还在，定会把"暂分烟岛犹回首，只渡寒塘亦并飞"的唯美主义的爱情颂歌更换为"三过门前老病死，一弹指顷去来今"的悲凉叹息吧？

都老了，除了贺连书里的凯瑟琳，大约只有被叶芝纠缠了一生的那位茉德·岗始终不曾老去，即便在叶芝的诗歌和记忆里。叶芝23岁那年，从奥黎里小姐的信里第一次听到茉德·岗的名字，听说她因为都柏林民族主义的信念而离开了总督府的社交圈，后来，"她驾车来到贝德福德公园街我家的房前，带着约翰·奥黎里写给我父亲的信件。我从来没有想过会在一个活生生的女人身上看到这样超凡的美——这样的美，我一直以为只是属于名画，属于诗歌，属于古代的传说"。那时候，"一切都已模糊不清，只有那一刻除外：她走过窗前，穿一身白衣，去修整花瓶里的花枝"（《叶芝日记》）。

12年后，叶芝以素颜的诗笔如此雕琢着当年的这一瞬间：

> 花已黯淡。她摘下黯淡的花，
> 在飞蛾的季节，把它藏进怀里。

藏进了怀里的黯淡的花儿，在《当你老了》这首诗里变幻成隐入了群星之间的黯淡的爱怜。只有诗人和诺斯替异端的信徒们才掌握着时间的隐秘知识，才织得来时间的经线和纬线，为他们自己并为我们这些用回忆取代希望的凡夫俗子，"织那忧伤的鞋子，让脚步落地无声，在所有人忧伤的耳中，突兀而轻盈"（叶芝《披风、船与鞋子》）。

　　然后，经纬散了，我们用诗的时光书徒劳地放缓着记忆的沙，而记忆，一如山坡的青草地上，一只野兔刚刚躺过的压痕。

3.

　　《当你老了》是叶芝最为传诵的诗，它仿自法国 16 世纪七星诗社的领袖龙萨的同名之作，但龙萨的原作今天记得的人已经不多了。原因并不复杂，龙萨只写了青春的、泛泛的爱，还带着诗人的自负，设想着当心爱的女子垂垂老去时将会后悔曾经高傲地蔑视了诗人的爱情；但这不是爱，爱只会令人卑微，令人陷入刻骨的悲观主义不可自拔，陷入终生的自由的服役，像叶芝对他的茉德·岗。茉德·岗配得上这样的爱，在那个呐喊混杂着枪鸣的爱尔兰，她是一名真正的朝圣者。他只能以一种深沉的方式爱她，别无他法：

　　　　当你老了，头发白了，睡意渐沉，
　　　　倦坐在炉边，翻开这本书，
　　　　慢慢读着，追梦你当年的眼神
　　　　那轻柔的光和深沉的影；

　　　　太多人爱过你青春的片影，
　　　　爱你的美，以虚情，以真情，
　　　　只一人爱你朝圣者的心，
　　　　爱你哀戚的脸上岁月的留痕；

然后在炉栅边弯下了腰，

喃喃着，带着浅浅的伤感，

爱是怎样离去，怎样步上群山，

怎样在星斗与星斗间，藏起了脸。

（苏缨　译）

When You Are Old

by W.B.Yeats

When you are old and grey and full of sleep,

And nodding by the fire, take down this book,

And slowly read, and dream of the soft look

Your eyes had once, and of their shadows deep;

How many loved your moments of glad grace,

And loved your beauty with love false or true,

But one man loved the pilgrim soul in you,

And loved the sorrows of your changing face;

And bending down beside the glowing bars,

Murmur, a little sadly, how Love fled

And paced upon the mountains overhead

And hid his face amid a crowd of stars.

[诗艺小札]

诗歌不是分行的散文，也不是加长的格言

在华语流行歌曲里成长起来的人一般都不大容易在短时间里体会到英语诗歌的音韵之美。华语歌词一般只押尾韵，还常常一韵到底，而这恰恰是英语诗歌的大忌——如果诗这么押韵，是会被讥讽为顺口溜的。

水木年华有一首歌红极一时，叫作《一生有你》，副歌部分就是化用了叶芝那首《当你老了》，但除了剥离掉"朝圣者"的厚重苍凉的时代背景之外，还完全抛弃了原诗的音律，改成了中国人最习惯的（甚至认为是唯一的）押韵方式："多少人曾爱慕你年轻时的容颜，可知谁愿承受岁月无情的变迁，多少人曾在你生命中来了又还，可知一生有你我都陪在你身边。"

我们实在太习惯这样朗朗上口的句子了，以至于在读英语诗歌的时候会完全找不到诗的味道，这总是有点可惜的。

每个人都知道，中国的新诗是从西方诗歌学过来的，但很多人也因想当然地认为，西方诗歌也像中国的新诗一样，是所谓"自由体"，不受任何格律的约束。事实不是这样，西方诗歌也有着和我们的唐诗宋词一样的格律传统，讲究抑扬顿挫的声音转折之美，当之无愧地是语言里的音乐。

西方诗歌的格律甚至比中国的古典诗歌更加丰富。我们以英语诗歌来说，英语的轻重音的组合、元音和辅音的组合、各种拼读和连读，所能够

营造出来的音乐效果要比单字单音的中文繁复得多。

　　喜欢 RAP（说唱）音乐的人对这一点应该是很有感触的，所以中国人很难做得像模像样的 RAP，周杰伦是少见的成功者，这在很大程度上因为他那不知是有意还是无意的吐字不清。

　　所以，西方诗歌的格律之美很难被中文翻译出来。美国的桂冠诗人罗伯特·弗罗斯特对诗歌下过一个很经典的定义："诗，就是翻译之后失去的东西。"尽管据专研弗罗斯特的曹明伦先生的考证，这句话应当是"诗意是解释时从散文和诗中消失的那种东西"。(that I could define poetry this way: It is that which is lost out of both prose and verse in translation.) 不过，国人之所以强烈追捧之前的或多或少的误译，是因为这样的定义最契合自己对诗歌的理解。

　　无论是"失去的"还是"消失的"，这当然指的是诗歌原有的形式美，而格律正是构建形式美的最主要的质料。尽管经过翻译，原作的意象和思想基本可以复制到另外一种语言，但你可以说那只是某种格言或者散文，唯独不是诗歌。

　　格律之中当然也有简单到可以被翻译出来的，不过还是从原文当中体会最好。

　　我们就以叶芝的这首《当你老了》为例，这首诗分为三个诗节，每节四行，每行的末尾都押韵。句子末尾的韵脚叫作尾韵，唐诗宋词的传统里，押韵的方式基本只有尾韵一种，但英语诗歌就丰富得多了。即便仅是尾韵，英语诗歌的变化也比中国传统诗歌更多——《当你老了》每一个诗节的尾韵都是 abba 的组合，也就是说，第一句和第四句押韵，第二句和第三句押韵，即 sleep/book/look/deep，sleep 和 deep 的韵里包裹着 book 和 look 的韵，前者中的"ee"发长元音，后者中的"oo"发短元音，又构成了一种错落有致的音韵之美。

　　另外两个诗节也是这种韵法：第二节是 grace/true/you/face，第三节是 bars/fled/overhead/stars。如果你在诵读的时候有意识地去品味这种格律，也就找回了诗歌在翻译之后所失去的东西。

　　要想很好地体会原文之美，还应该注意英语诗歌的断句方式与中国传统诗歌的不同。在中国传统诗歌里，基本上每一句诗都表达一个完整的意思，比如"白日依山尽，黄河入海流"，两句诗分别是两个独立而完整的意思；即便是两句诗共同组成一个完整的语义结构，比如"欲穷千里目，更上一层楼"，每一句诗在语法上至少是相对完整的。所以，中国的诗歌读者往往习惯于一句一句地理解诗歌。

　　但英语诗歌完全不同。如果以英语的方式来写这首《登鹳雀楼》的话，那么有可能是这样的：

　　　　白日依山尽，黄河
　　　　入海流。
　　　　欲穷千里目，更上
　　　　一层楼。

我们再看《当你老了》的第一诗节，最后两句是：

And slowly read, and dream of the soft look

Your eyes had once, and of their shadows deep.

　　中文诗歌的阅读习惯会使我们一下子很难理解这两句诗到底在说什么，因为 Your eyes had once 虽然是一行诗的开头，在语义上却是修饰上一句末尾那个 look 的定语从句，而 and of their shadows deep，这句里边的 of 衔接的是上一句里的 dream。所以在语义上，这两句诗应该读作：And slowly read, and dream of the soft look your eyes had once, and dream of their shadows deep。

阿加莎·克里斯蒂

（Agatha Christie，1890 — 1976）

/

/

/

英国女侦探小说家、剧作家，代表作有《尼罗河上的惨案》《ABC谋杀案》《无人生还》等，法国已故总统戴高乐、英国玛丽王太后、金庸、三毛都是阿加莎的铁杆读者。侦探小说界有个奇怪现象，那就是：侦探小说家本人，与自己塑造的侦探形象相较起来显得默默无闻，福尔摩斯、布朗神父、亚森·罗宾、金田一耕助、浅见光彦几乎完全取代了柯南道尔、切斯特顿、勒布朗、横沟正史与内田康夫的姓名。而阿加莎，塑造了两个极其成功的侦探形象——波洛先生与马普尔小姐，你却不会用他们任一代替阿加莎。阿加莎唯一的标签，就是阿加莎——她的文字，有这样的能力。

02 爱比死更冷

玫瑰尽情盛开……而后凋零……

这就是故事的全部……

只除了我听到响声：

在那地面之上

众多细碎的脚步……

——阿加莎·克里斯蒂《野玫瑰》

死亡是我的领域。我以它为主。我靠它铸就我在这一行的名声。

康奈利如是为他的《诗人》开头；而我也决定用同样一段话，为阿加莎·克里斯蒂跌宕的故事开头。因为，死亡的确是阿加莎最擅长的领域。她一生杀害了数以百计的人，以各种迥异的手法，在她的 86 部小说和 19 部剧本里。而她说："我不喜欢肮脏的死亡。"这是我所见过的，侦探小说家最优雅的宣言。

1.

阿加莎·克里斯蒂，英国侦探小说家，生于 1890 年。她与埃勒里·奎因、约翰·迪克森·卡尔齐名，并称世界推理文学三大宗师。

　　三位宗师的风格迥然不同：埃勒里·奎因的特色是外科手术般精确的逻辑，因果律是奎因最初的信仰和最后的皈依，环环紧密扣合的破案过程让人不由得想起蝴蝶效应，他能从一根绒线、一粒面粉出发，推理出一场工业革命；约翰·迪克森·卡尔的特色是化腐朽为神奇的叙事技巧，他极为熟稔每个词和标点，清楚地知道于何时何地安排它们登台，可以使那些贫血的诡计性感至死（卡尔这种能力最极致的表现，就是他的《歪曲的枢纽》），他能将一根绒线、一粒面粉，写成一场工业革命；而阿加莎的特色，恰可用她在《谋杀启事》中描写过的一款点心的名字来形容，那款点心，就叫"甜蜜之死"——她能将机械当道、金属横行的工业革命写出一根绒线、一粒面粉那样柔软细腻的质感。

　　死亡并不总发生在晦暗不明的病房里，死者身上裹着发黄的旧床单，四周充斥着无力的啜泣，几小时过去，护士不耐烦地挥挥手，撵走最后一声叹息。死亡也可以发生在爬满蓓蕾的玫瑰花架旁，透过叶缝，阳光扑簌簌落在死者苍白的面庞上，失去温度的嘴唇仿佛在向天父低诉，众人赶到现场时，一只蝴蝶正要离开；或是发生在大雪纷飞的夜晚，古堡里钟声滴答、炉火正旺，墙上的油画中两个梳着高髻的女人正在褪下粉色芭蕾舞鞋，一个人的一生，就终结在可可与华夫饼的香气里。

　　死亡并不总是自然现象，始于疾病或意外，止于墓碑和遗忘，一个人一旦死亡，就再没有故事可期待。死亡也可以是人工奇迹，是场"一夫当关，万夫莫敌"的智力游戏。尸体是如何从严丝合缝的房间里消失的，毒药是如何在众目睽睽下被投进高脚杯的，死亡以后为什么还能去参加酒会，积雪上为什么只有被害者却没有脚印，绝对不变的物理法则怎么会变得无能为力……以上种种，才是某个死亡事件让人失眠的原因，而不是对死者的缅怀。我们承认，这里有流血，这里有牺牲，但大脑的快感让人暂时忘记一切。抓住凶手后，你会进行道德上的谴责，更会进行智力上的崇拜。

这就是阿加莎创造的谋杀世界，她不要你恐惧，她要你享受。她也不恐惧，她随意摆弄死亡，赋予死亡以优雅的姿态和智慧的力量。《谋杀启事》中，阿加莎如是描述"甜蜜之死"这种点心："它会香喷喷的，入口即化：蛋糕上面我会浇上巧克力霜，我会好好做的，上面还要写上良好的祝愿。这些英国人做的蛋糕吃起来像沙子，他们根本，根本就没有尝过这样的蛋糕。他们会说真可口，可口。"她笔下的死亡，正是这般滋味。

请别误会，阿加莎并不鼓励犯罪，所有的罪恶将一一被清算。但是值得注意的是，她清算所有的罪恶，无论是凶手的，还是被害者的。米兰·昆德拉在《为了告别的聚会》中写道："我要告诉你我一生最悲哀的发现——那些受害者并不比他们的迫害者更好。"这样的悲哀在现实世界中络绎不绝，而在阿加莎的世界里，如果受害者罪有应得，阿加莎就会帮助迫害者逍遥法外。

阿加莎有一部作品以马普尔小姐为主角，书名叫作《复仇女神》。阅读之前，一直以为这散发着戾气的书名，是指凶手是"复仇女神"；阅毕全书才知，原来，侦探马普尔小姐才是阿加莎所谓的"复仇女神"，代表正义向邪恶复仇的女神。我甚爱这个解释，并从此称阿加莎为"复仇女神"：她在她所能掌控的范围中，孜孜不倦地惩罚那些连上帝都无法遏制的贪欲，实现那些连法律都不能实现的正义（有兴趣者可阅读《东方快车谋杀案》，侦探波洛最后的做法有违法律却伸张了正义）。

年少时，我曾无数次感喟：这样聪慧的人，一定不用体验所谓的进退维谷或穷途末路，每一种生活的病，她皆可利索地剖开撇净。但是，再顶尖的头脑，也有失效的疆域，比如爱情。

2.

1926年12月3日，晚上11点，阿加莎未留片语，只身一人驾驶着她钟爱的莫里斯小汽车，消失在了伦敦的浓雾中——阿加莎失踪了。这一消息震惊了全国，接下来的时间里，英伦的警察、推理迷、读者纷纷投身到寻找阿加莎的行动中，却始终无法捕捉到她的踪迹，直到第十二天，才在约克郡哈罗盖特的水疗宾馆找到了她。

面对众人的焦急和好奇，阿加莎一脸漠然、概不回应，既不肯交代离家出走的动机，也不愿谈论这十二天的经历。讳莫如深的态度，恰如一个侦探小说家绝不可能在阅读伊始告诉读者，书的最后一页写着什么。

很多人对阿加莎能够成功地掩人耳目、"蒸发"十多天大感惊奇。其实甚好理解，设计这样的"蒸发"，对于一个素以智力游戏为生的人来说几乎不值一提。这个故事真正令我动容的，不是阿加莎十二天神秘的消失，而是她被找到时，她在旅馆的登记簿上所用的化名：内莱。

那年阿加莎36岁，而这一切我们须从阿加莎20岁时说起。

年轻的阿加莎陪伴母亲到埃及疗养，在那里，她参加了形形色色的舞会与社交活动，习得一名淑女应知的礼仪。回到英国以后，举止娴静得体的她赢得了众多追求者，而她在其中选择了炮兵少校瑞吉·路希。两人订婚以后，路希体贴地表示，不必立刻举行婚礼，应给予阿加莎更多的择偶机会。他说，她还太年轻。

不谙世事时，我们总想在爱人面前摆出某种可歌可泣的姿态，讲"你的任何决定我都尊重""你离开我就祝福你"诸如此类的话，言不由衷、勉为其难，希冀那个人为自己的牺牲赞叹或感怀。慢慢地，经历人海涨落，明白有些人你略一松手，他就永远地从现实缩为回忆，成为你的一桩心事。那时才看淡所谓的风度，跌跌撞撞、痛哭流涕，出尽洋相也在所不惜。行事那么伟大有什么用？又不期望流芳百世，遇见那个不想放手的人，就不要放手。

路希的温柔宽宏，没有得到他应得的报偿，阿加莎取消了与他的婚约。因为在一次舞会上，阿加莎与少尉阿尔奇博尔德·克里斯蒂一见钟情了。那时的阿尔奇一文不名，但他热情奔放的生活态度，令内敛的阿加莎备受震荡。她的世界一向是沙滩、音乐、冰激凌，最激烈不过海浪，但是，竟然有人心跳都似潮汐一般壮阔，她对他近乎迷恋。

一战突然爆发，整个欧罗巴都将图腾从蕾丝玫瑰更换成了枪炮铠甲。生命朝不保夕的危机感，促使阿加莎与阿尔奇急急忙忙在1914年圣诞节前一天完婚。婚后阿尔奇随即奔赴法国战场，而阿加莎在医院成为志愿工作者。两年的医院工作，使她从病房护士变成了拥有合法资质的药剂师，为撰写侦探小说做好了知识储备。

终于在1916年，阿加莎完成了她的第一起谋杀：《斯泰尔斯的神秘案件》。尽管书稿一再被退回，但对阿加莎来说，那仍是美好的一年，因为她的阿尔奇从法国战场调回了伦敦。从此时起，两人才过上了名副其实的婚姻生活，女儿罗莎琳德的出生，使小家庭变得更加温馨。

团聚之后，阿尔奇积极鼓励阿加莎继续创作，《斯泰尔斯的神秘案件》也很快得到了出版的机会。那时的他们不曾料到，正是阿加莎的处女作，开启了侦探小说史上无与伦比的黄金时代。随着《暗藏杀机》《高尔夫球场谋杀案》《褐衣男子》《罗杰疑案》的陆续发表和出版，阿加莎的写作事业达到了第一个高潮。成名后的阿加莎对阿尔奇温柔不改，她乐于与丈夫分享她所获得的荣誉，她希望与他一起站在更高处。

阿尔奇的爱情却从更高处毫无征兆地陨落了，他爱上了另一个人。阿加莎在水疗宾馆的登记簿上所用的化名，内莱，正是她的丈夫阿尔奇移情别恋爱上的女子。众人揣测，阿加莎是想用此举来暗示丈夫，她知悉他们的奸情，她要叫他们自责。但是，自责的是阿加莎。

多年后，她回忆起阿尔奇向她提出离婚的场面，洋洋洒洒千余言，却只用了一个负面词汇来形容阿尔奇，就是不痛不痒的"不耐烦"。那时阿加莎年事已高，也拥有了幸福的第二次婚姻，儿孙绕膝，功成名就。她却依然在回忆录里不厌其烦地作诸多假设，反省每一个阿尔奇早已忘却的细节："假如我更聪明一点，假如我更了解我丈夫……假如再给我一次机会，所发生的事能够避免吗？假如我不撇下他，独自一人去阿什菲尔德呢？"从头至尾，她没有怪过他，她只怪自己没有抓住他。旁观者心酸：再来一次？再来一次，阿尔奇也许还会离开阿加莎；再来一次，阿加莎一定还会爱上阿尔奇。

这叫我想起多年前曾爱过谁，时时谨慎言行，每日三省吾身，卑微已极。某日他态度骤然转淡，我夜不能寐，在日记本上对这一天时间逐格检讨，凌晨三点终于得出结论：他一定是因为我忘记了给他打开水才这么生气的。十年后重读日记，笑得几乎喘不过气来。不过是打开水而已，现在打架都算不得大事，十年前的我竟那么郑重其事。但笑着笑着突然涌出泪来：将来我还会再恋爱，我还会再分手，过些年我也许结婚也许离婚，也许一辈子也许三分钟，但我什么时候，可以再次因为一个人一个眼神而去到地狱，或天堂？

电脑里存有一帧阿加莎与阿尔奇的合影，两人走得很近，没有牵手。凝视相片中阿加莎羞涩的神情，我时常想，她化名内莱，如果非要说此举暗示了什么，那只暗示了一样：她有多么希望成为他所钟爱的那个人。

3.

关于这一点，阿加莎自己或许都未曾留意，我也不过是偶然发现，那就是，阿加莎的作品里时常出现这样的桥段：多年来光洁无瑕的感情突然横生枝节，男人爱上另一个人，毅然决然离弃伴侣，与新欢如胶似漆，对旧爱弃若敝屣，叫人恨杀。但小说终了，出人意表的往往不只是凶手，还有背叛故事的真相——男人最爱的，自始至终都是原来的爱人，对新欢的亲昵不过是演技，若不是另有目的，便是逢场作戏。更有甚者，这个新欢，根本就是男人与他的爱人共同算计以图利的猎物而已。

这样的作品，全部写于阿尔奇离开之后（为避免泄底，特地隐去作品名，有兴趣者可参考阿加莎最著名的几部作品）。阿加莎在她的自传里，这般解释阿尔奇移情别恋之后对她种种冷淡的表现："我所百思不得其解的是这段时间他一直对我爱理不理，几乎从不主动接近我或有问才有答。后来我目睹了其他的夫妻，阅历也深了，才恍然省悟。他闷闷不乐是因他在内心深处爱着我，不愿伤害我，因此，他只得自欺欺人地想：这不是伤害我，这最终是对我好。"

创造诡计无数的阿加莎，竟会看不出丈夫最后的冷漠即是冷漠，没有爱或歉疚之类的杂质——我不相信。那个反复出现的桥段，我想，只是她自我安慰的最后手段。虚构一段忠贞不渝，是有点滑稽，但你要怎样去嘲笑她？不被爱已是最大惩罚。

阿加莎或许怀揣着一个孩子气的愿望：此时此刻，她灰头土脸地败下

阵来，一点还手之力也无。但是多年以后，阿尔奇、内莱那些秘而不宣的
往事灰飞烟灭，而阿加莎设计的理想爱情却寄居在白纸黑字间，永恒得像
天上的一颗星。就算在小说中，那假装移情别恋的男人与他真心所爱的伴
侣是一切罪行的始作俑者，必须接受制裁和谴责，这又有什么关系？她就
是要他们相爱到底。同为侦探小说家的北村薰，曾说过这样一句话，我以
为可为阿加莎的行为做最好的注解："我认为书写小说，是人生仅有的一
次抗议。"

蓦地，想起日本经典推理剧《古畑任三郎》中一个故事来：一位小说
家结婚多年后厌倦了妻子，无所顾忌地与另一个女人陷入了狂热的恋爱，
坚决向妻子提出离婚。妻子没有挽留，而是选择了谋杀丈夫，并且利用高
明的手法顺利逃脱了法律的制裁，在继承丈夫的巨额遗产之后，过着优渥
而舒心的生活。多年之后，破解了真相的侦探向这个女人遗憾地表示，他
虽然知道了她的罪行，但没有证据，他只能放过她，她赢了。"我丈夫死
后所出版的小说大受欢迎，现在仍有版税收入，根据出版社的说法，可能
还会畅销个十年以上。"一直保持胜利女神般微笑的她，飞扬的神采却倏
然黯淡，良久，方才一字一顿地说："但是，你能了解这种感觉吗？我，
得靠着丈夫的书赚来的版税过日子。而就在那本书里，我的丈夫却永永远
远诉说着他对另一个女人的爱。"

4.

一直以来，我对阿加莎的阅读都局限在侦探小说，偶然间读到她的诗
集甚感新奇。诗算不得好诗，但仍不忍释卷。每首诗让你动心的要素是不

一样的：有的诗靠一个精彩的句子，有的诗靠一个响亮的音节，而有的诗，靠的是一个好故事。阿加莎和阿尔奇的故事，已足以让我铭记。

野玫瑰

我知道
野玫瑰生长的地方
在那湖畔
小精灵们过来玩耍
粉色与白色
在光线里翩翩起舞
迎接那一日之初！
旭日升起，携着金色的热力
玫瑰尽情盛开……而后凋零……
这就是故事的全部……
只除了我听到响声：
在那地面之上
众多细碎的脚步……

走在湖畔
我那往昔的野玫瑰
再也不见踪影
又是如何嬉戏
毫不丧气

在她身边恭候她美丽的出席！

已死的玫瑰恢复生气，在她与我之间升起！

她转过身去，微笑着响应他的召唤……

这就是故事的全部……

只除了我的不舍离去

在那湖畔——

自由自在的野玫瑰尽情盛开……

Wild Roses

by Agatha Christie

I know

Where the wild roses grow

Beside the lake.

The little spirits come and play,

And pink and white

Dance in the light

Before the break of day!

The sun comes up in golden heat,

The roses open wide...and fall...

And that is all...

Except I think I hear a sound

Along the ground,

Of many little pattering feet...

No more

Shall my wild roses of yore

Walk by the lake.

She told me where the rose sprites were

And how they played

All undismayed

By her sweet presence there!

Then death rose up twixt her and me!

She turned her, smiling, to his call...

And that is all...

Except I cannot bear to go

Where roses grow

Besides the lake - so wild and free...

　　"告别就是死亡的一点点"，硬汉派侦探小说家钱德勒这句话优美得如同一首短诗。那一次为期 12 天的告别，也许对阿加莎来说，她真的死亡了一点点。

　　每每读到"这就是故事的全部，只除了我的不舍离去"，我都不胜唏嘘：若要问这个与死亡频频交手的女人，还有什么比死亡更冷，她一定会回答，是爱。

保尔·艾吕雅

（Paul Eluard，1895 — 1952）

/

/

/

法国超现实主义诗人。与其说艾吕雅是一位诗人，不如说他是一位战士，他在短暂的一生之中，参加了达达运动、超现实主义运动、第一次世界大战、第二次世界大战、反殖民主义活动等各种战斗。哪里有压迫，他就前往哪里反抗，不论国籍，也不管多么事不关己。对于艾吕雅来说，自由是他生命中唯一的纪念碑，他一生只屈从于自由的神威。

03 求生

我是你路上最后一个过客

最后一个春天，最后一场雪

最后一次求生的战争

——保尔·艾吕雅《凤凰》

1.

"我爱了你20年。我们是不可分离的。假如有一天你孤独而又忧伤，那就再来找我吧。如果我们非得老去，那我们也要在一起老去。"这是羸弱的艾吕雅在勃朗峰疗养的时候写给加拉的信，我们看到的似乎是一场漫长而真挚的求爱战争，然而加拉不是他的女友，而是他的前妻，她离开了他，嫁给了他的朋友、小她十岁的西班牙画家达利。

达利的名字在中国要比艾吕雅响亮得多，所以人们大多是在达利的画中，而不是在艾吕雅的诗里看到这位俄罗斯传奇女子的模样。如果你记得达利的《加拉的天使》《加拉和她肩上的两只羊羔》，那就是加拉，还有《里加特港的圣母》也是以加拉为模特的。在艾吕雅徒劳地向往着与加拉"一起老去"的时候，达利却用画笔永远地留住了加拉的青春。

28

令人遗憾的是，故事远不像看上去那样浪漫。

1912 年，瑞士东部的疗养胜地，新近开张的克拉瓦代尔疗养院里，欧仁·格兰代尔认识了加琳娜·德米特里耶芙娜·嘉科诺娃，他们相爱了。那是青春年少的日子，他正陷在对诗歌的狂热里，不知疲倦地将每首诗读与她听，她也欣欣然做他每首诗的第一个听众。他给她讲巴黎，她给他讲莫斯科，讲彼此的快乐、彼此的身世和彼此的朋友，然后无所顾忌地相爱。

在这一年里，他出版了第一部诗集《最初的诗》，从此改用保尔·艾吕雅（Paul Eluard）这个名字，加琳娜后来也以加拉这个名字而为人所知。第二年，加拉也出版了一本小书，叫作《无用之人的对话》，收录了自己和艾吕雅的这一段最美丽的生活切片。

这两本书的题目都有着谶语一般的魔力，艾吕雅从"最初"将要写尽自己的一生，作为诗人的一生；加拉所谓的"无用之人"则道出了艾吕雅在现实世界里的尴尬处境。只是那时候他们都还年轻，不曾看到眼前的阴霾。

而对世人来说，这眼前的阴霾就是第一次世界大战。战争打断了一切，艾吕雅应征入伍，加拉回到了莫斯科，几年中聚少离多，直到 1917 年，俄国十月革命的那年，他们结婚了；1918 年，他们生下了一个女儿。

婚姻生活似乎不属于像艾吕雅这样的现代派诗人，在他 1914 年出版的诗集《公共玫瑰》里，题记如此写道："始终常新，始终不同，两性同其矛盾相混的爱情，不断从我的完美欲念中出现。任何占有的思想，都必定跟爱情水火不容。"

这就是先锋艺术家们在思想上的经典困局，他们以为自己在打破枷锁、解放人性，实际上，他们试图打破的那道枷锁才是最根深蒂固的人性本身，于是，他们的幼稚和真诚注定了他们的矛盾和不知所措。

自从阿波利奈尔竖起了先锋主义的旗帜，欧洲的诗人和画家纷纷投身于各种先锋流派当中。那个时候，弗洛伊德的精神分析理论和柏格森的直觉主义哲学令他们着迷，其情形正如 20 世纪 80 年代萨特的存在主义令中国的文艺青年着迷一样。假如可以给他们二十年的成长时光以及系统化的学术训练，他们或许会自嘲当初的那一份沉迷，但是，他们或许还会坚持，那种无知的狂迷正是对青春最好的挥霍方式。

是的，精神分析理论是一种无法证实的理论，波普尔称之为伪科学一点都不过分：直觉主义哲学是一种诗性的哲学，柏格森的学术论证比诗人的语言还要绚烂多彩且不可捉摸，但这又怎么样呢？ 20 世纪初叶那些年轻气盛的诗人和画家，他们得到了他们想要的，那是他们的兴奋剂和致幻剂，是得自天启而非实证的信念，是性与自由，是爱与荒诞。弗洛伊德和柏格森把他们的世界变成了一首扩大无垠的先锋派诗歌，他们在诗里写诗，在画中作画，在放任的自由中追逐自己的缪斯。

但他们仍然是凡人，被忌妒与功利折磨的凡人。

2.

两三年前，在我们大学校友的一次聚会上，硕果仅存的几位"诗人"在一片不以为然的眼神当中忘我地争执起了超现实主义诗歌的问题，仿佛当初四年的宿舍时光重新上演了似的。我眼睁睁地看着诗歌再一次扮演了社会疏离者的角色，其他人开始各顾各地聊了起来，职业规划问题，薪水问题，房子和车子，谁和谁结婚了，谁和谁分手了，谁和谁的婚礼仿佛一场名车博览会……

房子是永恒的焦点，大家说起某位发达的同学刚刚买了一处300平方米的豪宅以迎娶自己的心上人，个个皆是一脸艳羡。突然，一个不合时宜的声音响起："但愿我们孤立的情爱，住进世上最拥挤的住宅。""谁说的？""保尔·艾吕雅，《书画题》。"一阵哄堂大笑——是谁这么有幽默感？

"诗人们"也终于冷却下来，分别加入不同的"战斗"中，打麻将、斗地主，不亦乐乎。当诗人们不再自以为是、目空一切的时候，就意味着诗歌的时代已经不复存在了。

超现实主义者们曾经不是这样的，布勒东说："超现实主义最简单的行动就是拿着手枪上街随意向人开火。"当然，这话有点夸大其词，因为布勒东也是这个文艺阵营中的一员，他的话像所有诗人的话一样需要打过折扣来听。开枪的事倒是常有的，毕加索就是一个枪不离身的人，在现实生活中只要稍稍遇到一点纠葛就会向天鸣枪。艾吕雅很喜欢他这一点，满怀敬意地认为毕加索像一名任侠的中世纪骑士。这令毕加索非常兴奋，因为他知道艾吕雅是一个真正扛过枪、上过战场的人。

的确，有一些被视为浪漫的特质是仅仅属于巴黎的。即便是当代的巴黎，有朋友说法国政府给了塞纳河左岸的咖啡馆以优厚的免税政策，为的是使那些贫穷的艺术家可以在那里享受低价而优质的咖啡。巴黎容忍那些穷困潦倒的人，容忍他们的任性和败德，容忍他们游手好闲地沉溺在女人和毒品的包围里，因为他们都是缪斯的宠儿。所以，我的一个极富艺术气质的朋友，用尽了办法，变卖了一切可以变卖的东西，毅然决然地去了巴黎。她是一个敏感的人，她说在巴黎，穷人可以不失尊严地活着。

3.

她叫叶青青，毕业之后就职于某市的媒体行业。这座城市尽管不以文化氛围知名，却几乎是全国唯一幸存着诗人群体的城市。她以为，在这里聊一聊艾吕雅和阿波利奈尔，聊一聊复兴诗歌的宏愿，至少不会被同事当成怪物。

但就在第一次出差的途中，广告总监便人情练达地教育了新来的女员工们，语重心长地向大家"交底"该公司的企业文化，最核心的理念可以归结为一句话："赚钱、升职的捷径就是陪领导睡觉。"广告总监是一个博学的人，频繁引用畅销职场小说的段落，既指出了"爱情"的伟大意义，又指出了在职场上必须具备六亲不认的职业素质。

对于一个罹患精神洁癖的人来说，在这样的环境中工作，付出的显然不仅仅是时间与精力。但叶青青除了忍耐别无他法，什么"威武不能屈、贫贱不能移"？生活的皮鞭一响起，下油锅滚刀尖都得去。清高不是无成本的买卖，每个月房租水电的单据寄到手里，气势立即输了一大截。"骄傲，要有骄傲的资本；卑微，是有卑微的理由。"她说。

但是，她没能"卑微"到最后。

我记得叶青青送过她第一任男友一本艾吕雅的诗集，她把自己最喜欢的句子抄录在书的扉页上，"我是你路上最后一个过客 / 最后一个春天，最后一场雪 / 最后一次求生的战争"。据说，那个男生当时感动到无以复加，但是我总觉得，叶青青所谓的"你"并不是说他，也不是指称任何一个她爱着、爱过，或者希望去爱的人，而是这些美丽的字句本身所指向的一个归宿，一个幻象。

叶青青并不是一个忧郁的人，她也和同龄的年轻女子一样，热衷于聊天与逛街。偶尔，她兀自陷入沉思，垂下眼睑，神色黯然。

那一天，我们四五个人闲聊，不知是谁打开了电视，播出的正是某个热门的市井节目，叶青青和大家一起品头论足，笑了又笑。然后天晚了，各自散去，我和叶青青同路，看她突然在黑暗里停住，毫无来由地泣不成声。

后来只剩下我一个，空荡荡地走进空荡荡的夜晚，看见卖火柴的小女孩，看见火柴光芒背后的天堂，忽然相信每一段生活都需要相信某一种幻象。过去的所有生活就是一个幻象，以自己的笔迹开始，以保尔·艾吕雅的诗句结束。"我是你路上最后一个过客 / 最后一个春天，最后一场雪 / 最后一次求生的战争"，我懊丧地承认艾吕雅做了一名如此成功的帮凶，让我看不到这街灯下的清清楚楚的街道上，其实没有过客，没有春天，没有雪，只有我自己正在对自己做着最后一次求生的战争。我陷进了叶青青的情绪里，她却不曾如我一样走回清清楚楚的街灯之下。

所以，只有我看到了，在街灯的阴影里有一只不辨颜色的猫正在追着自己的尾巴，我知道，"猫要跳舞时，是为了孤立它的监狱；它陷入沉思，便直达它眼睛的墙壁"（《猫》）。

4.

1929 年的春天，艾吕雅和妻子加拉一道去西班牙旅行，沿途拜访了超现实主义画家达利。这是极富戏剧性的一刻，达利几乎完全忘记了处于同一文艺阵营的艾吕雅和自己所应有的共同语言，因为加拉的出现使他陷入癫狂。

不知是阴差阳错还是鬼使神差，艾吕雅先行一步，留下加拉和达利共处。达利不禁狂呼："加拉，我的妻子，你是真正的格拉迪瓦！"

格拉迪瓦是德国作家威廉·詹森一部小说中的女主角，是她治愈了男主角的癫狂。加拉治愈了达利的癫狂，从此再没有回到艾吕雅的身边。1929年，艾吕雅出版了诗集《爱与诗》，题记是："这一绵绵不绝的诗章，献给加拉。"他在诗中诉说："我十分爱你而不再明白，我们二人究竟谁是游子。"（《超越等待》）他在诗中怀念着"默默无言的旅行，从我的手到你的眼睛"。（《默默无言的旅行》）他们一直保持着通信，直到离婚之后，去世之前。

1934年，加拉和达利的婚礼在巴黎举行，从此她是他的妻子、模特和经纪人，陪着他走上名誉与财富的巅峰。而艾吕雅，越来越像一个"无用之人"，被世界遗弃在一座名叫"诗歌"的监狱里。

早在和加拉结婚之前，第一次世界大战爆发的时候，艾吕雅应征入伍，坚持要在前线上扛枪御敌，但他有多么高远的心志就有多么羸弱的身体，致使他在整个战争期间始终是医院的常客，他后来令毕加索羡慕的作战经历其实不过如此。他还曾经离家出走，因为不堪忍受生活的琐碎和爱情的煎熬，但是，还没等惊愕的神色从亲友们的脸上消失，他就因为生活无以为继而灰头土脸地返回家门。

艾吕雅本来不是一个会为金钱发愁的人，在他刚刚降生不久，父亲就在巴黎开了一家房地产代理处，生意蒸蒸日上，成为巴黎的致富榜样。艾吕雅家境优渥，后来又继承了父亲的公司和财产，本可以做一个富贵闲人，悠游度日。但他不愧是个天生的诗人，仅仅在几年之间就卖掉了公司，挥霍掉了所有的财产，使自己像一个"真正的诗人"那样贫病交加。他以为挚爱诗歌的加拉会理解他，他以为可爱的女儿会始终崇拜这个戴着诗人桂冠的父亲，他以为物质生活是束缚精神自由的锁链，但这一切仅仅是"他以为"而已。

他不懂得，加拉其实深知物质的力量。他和 19 岁的加拉相识，是在瑞士的一家疗养院里，那不是贫家子弟可以出入的地方，他并不知道，加拉从很小的时候起就被贫穷深深地刺痛过。

加拉的父亲只是莫斯科的一名小职员，后来在西伯利亚开采金矿时死于贫困，那时候加拉只有 10 岁。没有固定经济来源的母亲一个人要养活四个子女，生活的窘境可想而知。改变命运的希望只有一个，加拉目睹了母亲如何用尽心机地嫁给了一位富有的律师。加拉并不责备母亲，甚至感激，因为若不是母亲的这次婚姻，加拉将无法就读于上流社会的子女才能就读的学校，无法接触到那么多的作家、教授等等精英人物，甚至不可能活下去——加拉之所以住进了瑞士的那家疗养院，是因为她患上了肺结核，这在当时是一种极难治愈的疾病，不但需要最好的医疗条件，还需要最好的气候条件。继父足够爱她，也有足够的钱为她创造这些条件。加拉知道，就连自己与艾吕雅的结识乃至结合，都要感激自己背后的这份经济保障。但艾吕雅不懂，他出身于富贵之家，对钱财没有一丁点儿概念。

所以，对艾吕雅来说，贫穷是诗人头上必不可少的光环；对加拉来说，贫穷却是生活中永远令人不寒而栗的梦魇。

5.

叶青青走的时候没有与任何人道别，也再没同任何人联系。而我，却时常怀念她谈论诗歌时眉飞色舞的样子，那似乎是藏在她身体里的另一个人。她最喜欢艾吕雅，喜欢他的纯真，喜欢他斩钉截铁的爱和同样斩钉截铁的恨，喜欢他的孱弱和宽容，喜欢他给加拉的信："我爱了你20年。我们是不可分离的。假如有一天你孤独而又忧伤，那就再来找我吧。如果我们非得老去，那我们也要在一起老去。"

　　我一直没有告诉她，加拉是不会回去的。不是因为什么复杂的爱恨、眷恋或诗情，而仅仅出于每一个人都一望可知的简单理由。这理由只有叶青青看不出，不是因为她不够聪明，而是因为她拒绝相信。

　　她拒绝现实的一切，我相信，她也将拒绝她的巴黎。那里只是她"最后一次求生的战争"，仅此而已。我希望又不希望她会回来，像离家出走的艾吕雅一样。

6.

　　她最喜欢的两首诗，艾吕雅的《凤凰》和《重拳出击》——它们讲着截然不同的故事，但相同的是，它们都用尽了全力。

凤凰

　　　我是你路上最后一个过客
　　　最后一个春天，最后一场雪
　　　最后一次求生的战争

　　　　看，我们比以往都低，也比以往都高

我们的火堆里什么都有
有松果、有葡萄枝
还有赛过流水的鲜花
　　有泥浆也有露滴

我们脚下是火，火上也是火
昆虫、雀鸟和人
都将从我们脚下飞起
　　飞着的也即将降落

天空清朗，大地阴沉
但是黑烟升上苍穹
天空失去一切光亮
　　火焰留在人间

火焰是心灵的云彩
火焰是血液全部的支流
它唱着我们的曲调
　　它驱除我们冬天的水汽

黑夜可厌的忧愁燃烧起来了
灰烬变成了欢乐美丽的花朵
我们永远背向西方
　　一切都披上了曙光的色彩

37

Le Phénix

by Paul Eluard

Je suis le dernier sur ta route

Le dernier printemps la dernière neige

Le dernier combat pour ne pas mourir

Et nous voici plus bas et plus haut que jamais.

Il y a de tout dans notre bûcher

Des pommes de pin des sarments

Mais aussi des fleurs plus fortes que l'eau

De la boue et de la rosée.

La flamme est sous nos pieds la flamme nous couronne

A nos pieds des insectes des oiseaux des hommes

Vont s'envoler

Ceux qui volent vont se poser.

Le ciel est clair la terre est sombre

Mais la fumée s'en va au ciel

La ciel a perdu tous ces feux

La flamme est restée sur la terre.

La flamme est la nuée du cœur

Et toutes les branches du sang

Elle chante notre air

Elle dissipe la buée de notre hiver.

Nocturne et en horreur a flambé le chagrin

Les cendres ont fleuri en joie et en beauté

Nous tournons toujours le dos au couchant

Tout a la couleur de l'aurore.

重拳出击

我当然恨资产阶级的统治
恨警察和神甫的统治
可我更恨不像我那样
全力恨他们的人

我唾弃渺小而不质朴的人

我所有的诗里他并不更喜欢这首批判诗

（顾微微 译）

Critique de la Poesie

by Paul Eluard

C'est entendu je hais le règne des bourgeois

Le règne des flics et des prêtres

Mais je hais encore plus l'homme qui ne le hait pas

Comme moi

De toutes ses forces

Je crache à la face de l'homme plus petit que nature

Qui à tous mes poèmes ne préfère pas cette Critique de la poésie.

罗伯特·弗罗斯特

（Robert Frost，1874 — 1963）

/

/

/

美国诗人，"20世纪美国诗坛五巨擘"之一。弗罗斯特一生获誉无数，四次摘得普利策奖的桂冠，并得到了多所大学授予的44个学衔。而他的荣耀巅峰，是在肯尼迪总统的就职典礼上，应邀朗诵了他的爱国主义诗作《彻底的奉献》。全诗无一句对美国的赞美，但毫无疑问，那也是美国的荣耀巅峰，弗罗斯特用苍老的声音缓缓念出"我们即刻奉献自己，献给这已开始向西扩展的土地。但这块土地曾朴实、落后，不见经传，这便是她的过去，这便是她的历史"。它朴实无华，它没什么值得炫耀，而它的子民却甘愿为之付出一切，这才是一国最大的骄傲。

04 谁也不知道在那些未被选择的选择里究竟会发生什么

> 小路在缀满黄叶的树林里分了岔，
>
> 可惜我只能选择其中的一条……
>
> ——罗伯特·弗罗斯特《那条未走的路》

1.

谁也想不到，2011年的第一个文化热点人物竟然会是远远生活在康熙年间的六世达赖仓央嘉措。因为我参与写过一本关于仓央嘉措的书，曾深入阅读仓央嘉措的种种材料，也勉强算是研究仓央嘉措的半个"专业人士"。最后错愕地发现，若论见解的深刻程度，我这个半"专业人士"反而不如一位从不读书的大婶。

这位大婶是我一位朋友的妈妈，我们本来称呼她舒阿姨，但后来大家都不约而同地省略了"舒"字。她因为对麻将的特殊偏好，对任何与"输"发音相近的字眼都深恶痛绝。但这里为了行文方便，还是叫她舒阿姨好了——我并不担心这会惹她不快，因为她从来都没兴趣看书，更何况"书"（输）字同样犯了她的忌讳。

那天朋友们又聊起仓央嘉措和他的诗，聊起人们最迷恋的那两句"世间安得双全法，不负如来不负卿"（人们并不在意这两句诗其实只是译者的自由发挥，依然执拗地将其归在仓央嘉措的名下），正在一旁打毛线的舒阿姨突然很不屑地插了一句："这不就是又想当婊子，又想立牌坊吗，还整得那么文绉绉的。"

满座哗然。

舒阿姨的点评实在太低俗，也太具侮辱性，但奇怪的是，当你想要反驳的时候，却不知道应该从何处驳起。再仔细想想，好像也就是这么个道理。那天之后，我思之再三，终于不得不承认，这个所有的文化生活只是打麻将和看《非诚勿扰》的庸俗大婶，不经意间以"直指人心、见性成佛"的方式一语道破了诗歌的真谛。

于是有一刻我甚至怀疑舒阿姨是胡塞尔的一名深藏不露的中国弟子，因为她所暗示出来的方法论分明是现象学的。并且，作为英美新批评主义的经典著作，韦勒克与沃伦合著的《文学理论》简直可以把舒阿姨的这句话奉为整本书的扉页题词；这句粗鄙之论简直也可以作为俄国形式主义主将什克洛夫斯基著名的"陌生化"命题的一个完美佐证：艺术的技艺就在于以不同凡俗的形式使熟悉的东西陌生起来；结构主义大师雅各布森也会由衷地赞美舒阿姨的这句粗话言简意赅地囊括了自己最核心的理论体系：诗歌的语言功能不是像日常语言一样表达具体的含义，而是把读者的注意力引向诗歌的语言的本身，引向那些迷人的形式美。

的确，诗歌之美，首先就是一种形式美，所以才能在美丽形式的装扮下，把俗人心中的一些不那么高贵的情愫诉说得如梦似幻、如泣如诉，我于是想起了王国维在《人间词话》里讨论过相似的一个问题。

王国维列举了《古诗十九首》当中的两例，一是："昔为倡家女，今为荡子妇。荡子行不归，空床难独守。"是说一个倡家女子嫁给了一个浪荡子弟，婚后的生活非常寂寞，因为丈夫总是外出不归，自己很难忍受这种独守空房的日子。二是："何不策高足，先据要路津。无为守穷贱，坎坷长苦辛。"这是劝人应该抢先谋得重要职位，切不可在坎坷和贫贱中过一辈子。

王国维讲，这两首诗可以说写到了淫荡和粗鄙的极致，但之所以人们不把它们看作淫词、鄙词，是因为它们情真意切。五代、北宋年间的大词人也是这样，并不是他们不写淫词，而是人们读起来只觉得亲切动人；并不是他们不写鄙词，而是人们读起来只觉得精力弥满。所以说，有些诗词之所以让人觉得淫荡、粗鄙，并不怪淫荡和粗鄙本身，要怪就怪这些诗词写得不够真诚。

当年我读《人间词话》的时候，从来不曾对王国维的这个意见有过任何怀疑，但如今舒阿姨一句既淫且鄙的点评却让我疑心王国维是不是讲错了。试想一下，如果仅仅是情真意切，老葛朗台对金币的呼唤，西门庆对美色的呼唤，哪一个不是情真意切，但这就可以成就出任何一首好诗吗？古希腊的僭主有这样宣誓的："我要做一个人民之敌，我要竭尽全力地加害我治下的人民。"——我是在罗素的某本书中读到这一触目惊心的言辞，记得罗素还悻悻地评论道："今天的反动派可没这么坦白了。"

罗素的言下之意是，今天的统治者们仍然是这么想的，只是不说出来罢了。虚伪从来都被认为是美的天敌，可是，如古希腊僭主那般赤裸裸的真情流露，真的有任何审美价值吗？

人们之所以欣赏一首诗，往往是因为这首诗在自己的心底引起了深深的共鸣。人类的基本愿景总是相通的：工作最好既清闲又有高薪，嫁人最好既嫁入豪门又享有无限自由，写书既想保持高格调又想畅销，修行既想立地成佛又想偎红倚翠……世事总难两全其美，人心却总不愿顾此失彼。所以人们爱读"世间安得双全法，不负如来不负卿"，因为这是所有人共同的梦想，情真意切。

蹊跷的是，"世间安得双全法，不负如来不负卿"和"既想当婊子，又想立牌坊"，从文学作品的所谓"思想性"来看，这两者可有一丝一毫的不同吗？不，它们其实没有任何不同，只是前者是华丽丽的粉饰，后者是赤条条的揭露，而人们喜欢粉饰，不喜欢揭露。人们羞于说自己"既想当婊子，又想立牌坊"，却总是自伤自怜地叨念着"世间安得双全法，不负如来不负卿"。其实，这都是一回事。

2.

也许真的有那样一个秋天，真的有那样一片黄色的树林，诗人罗伯特·弗罗斯特也真的在旅行的路途上经过了那里，真的走着走着，看到脚下的小径突然分为两途，但自己只有一次选择的机会，而在选择之后，就再也不能回头。

总有一条路是你必须走，也总有一条路你必须放弃——所以卡尔维诺曾唏嘘，选择根本就是放弃的同义词。

或许你会陷入一片黑色的沼泽，然后开始后悔当初为什么不选另一条路；但事情也许会是这样：你走进了一个最最美丽的国度，可你永远也不晓得，如果当初选择了另一条路，现在的风景会不会更好。

无论如何，世间既没有双全之法，凡人也没有分身之术，当小径在你脚下突然分岔的时候，难道只有靠骰子来决定自己的未来吗?

《那条未走的路》(*The Road Not Taken*)，这是弗罗斯特最负盛名的几首诗歌之一:

> 小路在缀满黄叶的树林里分了岔，
> 可惜我只能选择其中的一条。
> 一名过客啊，我久久地呆立，
> 极目望向一条路的去处，
> 望着它隐没在灌木丛中。
>
> 然后我走上了另一条岔路，
> 和旁边那条一样的好，或许更好。
> 因为它的草更多，看来较少有人经过。
> 但也难说，经过每条路的人
> 也许都差不多。
>
> 那天早上，两条岔路看起来其实完全一样，
> 一样地盖在尚不曾被人踏过的落叶里。
> 哦，等我来日再把今天没走的岔路再走一遍吧!
> 但我知道，一条路走到头又会连着新的岔路，
> 所以我想，也许我再没可能重新回到这里了。

谁也不知道
在那些
未被选择的
选择里
究竟会
发生什么

04

多年之后，不知道我已经走到了何地，
但一提起今天的选择，必定免不了一声叹息：
我曾踌躇在某个树林里的岔路口上，然后
走上了人迹较少的一条，
从此，一切都不同了。

The Road Not Taken

by Robert Frost

Two roads diverged in a yellow wood,

And sorry I could not travel both

And be one traveler, long I stood

And looked down one as far as I could

To where it bent in the undergrowth;

Then took the other, as just as fair,

And having perhaps the better claim,

Because it was grassy and wanted wear;

Though as for that the passing there

Had worn them really about the same,

And both that morning equally lay

In leaves no step had trodden black.

Oh, I kept the first for another day!

Yet knowing how way leads on to way,

I doubted if I should ever come back.

I shall be telling this with a sigh

Somewhere ages and ages hence:

Two roads diverged in a wood, and I—

I took the one less traveled by,

And that has made all the difference.

　　看过电影《罗拉快跑》和《蝴蝶效应》的人可能会对这首诗有着别样体会：一条小小的岔路，即便仅仅是出门向左还是向右这等不起眼的"岔路"，也可能带给你截然不同的人生，遑论那些重要的生活关口。

　　也许一步之差，弗罗斯特就不会成为名满天下的桂冠诗人，而只是新英格兰农场上一个落魄的农夫——他写这首《那条未走的路》，阴影里的确载着一声对往事百感交集的叹息。

3.

　　1874 年，罗伯特·弗罗斯特出生于美国西部加利福尼亚州的一个贫寒家庭，没有任何迹象显示他有任何不同寻常的禀赋。他的日子从小就不好过，12 岁那年父亲死了，全家迁回新英格兰老家，一切都变了，只有贫寒依旧。

　　在母亲和邻居们的眼里，他是一个整日里做着白日梦的古怪孩子，一个不太安分的小鞋匠，一个笨手笨脚的纺织工人，一个喜欢边挥舞镰刀边哼歌的小农夫，总之，一个多少让人费心的乡下孩子。

他有点瘦削，有点内向，不像别的孩子那样身强体壮、充满活力，所以他常是别人欺负和恶作剧的对象。但人们渐渐发现，他不是缺乏活力，而且恰恰相反，他在有些时候显得过于活跃了，简直让人害怕。有人看见他在某个黄昏时分，一个人站在无垠的金色麦田中，高声背诵着《伊利亚特》当中最荡气回肠的句子。他像是伫立在古罗马的圆形剧场中央，那一刻的阳光，都是为了照亮他脸颊上异样的光彩。他的声音高亢而颤抖，他的眼睛里流淌着泪水。

他找到了一个只属于自己的另外的世界，他是那个世界里唯一的神，也是那个世界的全部。他越来越喜欢独处，只消找到任何一句契合的诗，就打开了通向另一个世界的隐秘通道。只是，他愈是沉溺于自己那个隐秘的世界，也就愈与现实世界格格不入起来。

他什么事都做不长久，因为他总是太快地厌倦。他打各种零工以补贴家用，他其实也找不到任何稳定的工作。就连在读书这件事情上，弗罗斯特也半途而废——他成功地考上了大学，但不到两年就辍学回家了。之后，他便谋了份教书的差事，做乡下孩子们的精神领主，在所有家长目光的背面，为孩子们朗诵他最中意的诗和他自己的诗。孩子们早就乱作了一团，但他从来都不晓得。

一边教书，一边还要务农——他已经是个大人了，理当挑起家里所有的担子。所以他是一个不太称职的乡村教师，一个喜欢胡思乱想的年轻农夫，虽然在他自己的心里，他是一只终会化蝶的毛虫，一个没有读者的诗人。

然后他结婚了，不过，这并没有给他的诗歌增加一个读者。他所有的读者也许只有散落在全国几大城市的文学编辑们，他们早就熟悉了罗伯特·弗罗斯特这个名字，以至于不拆封就把他的投稿信匆匆扔掉，免得给他们不大的办公桌添乱。

人生最深沉的悲剧不在于蓦然发生，而在于蓦然回首。蓦然回首时，罗伯特·弗罗斯特已经年过四旬，日复一日、年复一年的挫败突然有了催人泪下的力量。明天，他还要去修补漏雨的房顶，赊账取一剂治疗遗传性肺病的药剂，继续教书，继续种地，继续写诗，继续期待着文学刊物的回信，继续挨着肚子的饥饿和妻子的冷眼。如果多年前的一天，他并不曾迷上诗歌，他走上的是另一条铺满黄叶的林间小径，现在也应该有了一栋体面的房子和一份体面的收入吧？

诗歌始终是属于年轻时代的，一个年届不惑的男人不应该葬身于此。

他前边还有岔路，他还有得放弃，有得选择。

4.

从来都有一种荒诞的事，而在我们这个时代尤甚。

那就是无论哪一个人，只要变成了大众眼中的成功人士，就会被目光敏锐的商人们打扮成人生导师的样子，让他谈人生，谈感悟，指导大众经营人生。所以，我们在书店里见到太多《某某谈人生》《某某谈爱情》这样的书。

在罗伯特·弗罗斯特大器晚成、名满天下之后，美国也有这样的媒体约他来"谈人生，谈感悟"。弗罗斯特立时回绝了他们，只说了这样一句话：

谁也不知道
在那些
未被选择的
选择里
究竟会
发生什么

04

"诗歌的成功不等于生活的成功，我的生活充满了不愉快的回忆，不但不值得任何人效仿，我自己也没有勇气再活一遍。"见对方颇为愕然，弗罗斯特又加了一句："不信的话，你们可以去问我的妻子。"

弗罗斯特的婚姻关系一直都很紧张，这点倒是意料之中。在弗罗斯特太太的眼里，丈夫是一个不谙世务的废物，不懂得赚钱养家的懒汉，一大把年纪了还满脑子不着边际的幻想，比不上乡里乡亲的任何男人。他不敢在她面前谈论任何和诗歌有关的字眼，因为她为了恨他，仇视这世上所有的诗句。

只要一个人不是对诗人太存偏爱的话，就一定不会苛责弗罗斯特太太。弗罗斯特自己也讲过这样的话，他还说自己在结婚的时候曾经想过彻底放弃诗歌，或者为了诗歌而彻底放弃婚姻。这两条路非此即彼，不能同时都走。他自己甘愿为了诗歌忍受一辈子的贫贱，但没理由绑架一个无辜的女人为自己的理想殉葬。

那时的弗罗斯特还算清醒，的确，只有被励志读物喂大的年轻人才会相信什么"是金子总会发光的"。我们看到了一个大器晚成的弗罗斯特，却看不到还有成千上万怀着和弗罗斯特同样梦想的人被永远葬送在世界的视野之外。怪他们自己才华不足吗？设若弗罗斯特就生活在我们这个时代里，他会有任何闪光的可能吗？如果是庞德和艾略特他们，那就更没有可能了。诗艺的修为终归是自己可以把握的，但社会的趣味未必会和你合拍。

弗罗斯特还在 20 多岁的时候就已经明白这些道理，但他软弱，他屈从习俗结了婚，婚后又始终割舍不下对诗歌的热恋。这是一种更加致命的三角关系，同时踏上两条小径的弗罗斯特，每一天都经受着现实与梦想的争夺与撕扯。任何一个曾经怀有什么不切实际的梦想的人，应该都会对这种折磨感同身受吧。

Yet knowing how way leads on to way，只要你足够留心，总会在脚下找到路的新的分岔。但人总是害怕选择，因为选择总是意味着放弃。世间就是没有双全法，这是无可奈何的事情。

要生活，还是要梦想，对于年届不惑的弗罗斯特，这实在不是一个轻松的选择。

5.

"写诗吧。穷就穷吧。"

多年之后，弗罗斯特回想起自己 1912 年这句破釜沉舟式的豪言壮语，免不了生出一丝心悸。那一年，他做出了一个艰难的选择，举家迁往英国，在新的土地上寻求诗歌的发展。他告诉妻子，那边会有更好的生计，他狠心骗了她，却没想到谎言竟然成真。

1913 年，伦敦的一家出版社接受了弗罗斯特的投稿，出版了他的第一本诗集，题为《孩子的意愿》，翌年，他再出一本诗集，题为《波士顿以北》。英国文学界关注起这个外来的诗人，美国的出版社也纷纷向他寄出了约稿函。对于弗罗斯特来说，少年的梦想终于成真；对于弗罗斯特太太来说，丈夫终于有一份不错的收入了。

再好的诗，只有被公众接受才会变成名利，只有变成名利才会被更多的公众接受，才会标志着一个诗人的"成功"。这多少有些讽刺，但这就

谁也不知道
在那些
未被选择的
选择里
究竟会
发生什么

04

是游戏的规则。

今时今日，或许还有遗世独立的诗人，但已经很难再有以诗赢得世俗"成功"的机会了。我所认识的那些诗人，纷纷在 30 岁以前聪明地在黄叶林里选择了另一条道路，为自己谋了个体面的前途，如今有人腰缠万贯，做了文化企业的老板，专门以最低俗的"文化产品"取悦最低俗的受众（他说不如此则不足以赚钱）；也有人做了高级白领，在自己的一亩三分地里指点江山，激扬着最乏诗意的文字；硕果仅存的顽固派为了坚守诗歌阵地不得不举家迁出城市，住进了生活成本相对低廉的农村，像当初的弗罗斯特一样固执地在日升月落、投稿退稿里消磨岁月，勉强靠朋友们的接济度日。尽情地羡慕弗罗斯特好了，但是，没有任何人的成功是可以复制的。

6.

1915 年，弗罗斯特载誉归国，步入了明星般的诗人生涯。从没有人像他那样一连四次获得普利策诗歌奖，如今是名誉追着他跑，乡间穷诗人的日子仿佛不曾存在过似的。其实，诗还是那些诗，但究竟是什么变了呢？不经意间，他已经变成了这个社会的"主流诗人"，变成了他曾经不屑、不齿的那种角色。

在少年弗罗斯特的笔记里，清清楚楚地记着：任何诗人一旦变成主流，从此便无足观。这一点都不奇怪，因为这只能说明这个诗人的诗歌趣味不过就在大众的平均水平罢了。他只会是一个平庸的匠人，而真正的诗人会远远地走在大众的前边，遗世独立，只与三两个知音遥遥地以精神相恋。

这是少年弗罗斯特对诗歌的理解，那时他坚信，天才的诗歌只有天才才能欣赏。这本不错，从来阳春白雪，和之者寡，当人过中年的弗罗斯特再不用为柴米油盐和别人的认可而发愁的时候，当妻子也开始给他难得的好脸色的时候，他竟然开始惶惑了。自己"成功"了，但所成就的当真还是少年时那个纯洁无瑕的诗歌梦想吗？

人们尊奉他为桂冠诗人，是美国文坛上最耀眼的明星，是普利策诗歌奖的超级赢家，是在总统就职典礼上唯一有资格朗诵诗歌的主流诗人……这些年里，诗人不断遇到过新的林间岔路，但再也没有了选择的力量，他总是被公众的目光推着走；为了不使他们失望，他总是善意而怯懦地满足他们的每一次期待。

就连官方也愿意授予他更多的荣誉，因为他太主流了，既不是桑德堡那样的反对派，也不是斯蒂文森那样的先锋派，更不是艾略特那样的学院派。官方最喜欢弗罗斯特那句"我和世界有过一次情人般的争吵"，这有多好，这才是一名合法公民面对社会不公的时候最应有的态度；大众也越来越喜欢弗罗斯特，因为他的诗越来越讲究小情小调，越来越像粗浅平庸的道德格言了。

他是一个成功的诗人，因为他写了越来越多失败的诗。

7.

晚年的弗罗斯特总是想起童年时的一条小溪，每到春天，溪水两旁总是有许多残余的积雪在阳光下一边发光一边融化。那里是他童年的避难所，浓缩了所有最惊险刺激而又欢乐的故事——我相信在很多人的记忆里都有这样一条童年的小溪，我也有过，所以借着这条小溪，我理解弗罗斯特童年的一切和晚年的一切。

如果你和我一样，也是由格林童话陪伴长大的话，那么，你一定记得溪流对于孩子们是个多么神奇的地方。每个春天，溪流两岸永远是孩子们最安心的避难所：我们愿意在阳光茂盛的午后，枕在浸着水花的鹅卵石上，忐忑地注意着溪流两岸的一切风吹草动，因为叶子新绿了，鸟儿的叫声急促了，这些都是危险的信号，说明吃人的妖魔正在身后追赶着我们——他穿着传奇的"七里靴"，一步就可以迈出七里，没有任何一个孩子可以逃过如此神乎其技的追捕，除非他掌握了利用溪流的能力。

童话故事里从来没有万能的法宝，正如风靡童年的斗兽棋里最弱的老鼠可以"吃掉"最强的大象。"七里靴"也有它唯一的克星：穿着"七里靴"的吃人恶魔一旦遇到溪流，就好比午间评书里大将的战马遇到了小兵设下的绊马索一样。

年幼时，我们无条件地相信书本——谁说这是童话和传说？书上的每个字分明都是真实的。我们相信穿着"七里靴"的妖魔会在初春走出他隐秘的洞穴，大费周章地去搜捕那些白嫩又淘气的孩子。所以，我们也同样相信溪流的魔力，它可以"克制"妖魔的神技，毫无疑问。

玩具和冰激凌还没享用够，转眼便是成年。无常的世事淘洗我们最坚强的信心，突然一天，蓦地发现，这世上再没有一个角落可以让自己信靠：无论是工作、友谊、爱情，还是无所不包的社会生活，一切诡谲不定，哪里还找得到童话般的游戏规则？当现实中的妖魔鬼怪穿着"七里靴"奔腾而近，你除了束手就擒别无他法，不但小溪无法保护你，对有些事情，全世界都保护不了你。现实的四季，时常恍如格林童话里小溪流域之外的春天，总是致命的季节、危险的地带。

于是，当成年的我们再次踏过溪流的时候，也许终于会泣不成声，像个真正的成年人一样。

8.

所以，我最不能原谅弗罗斯特的是，他终于谋杀了自己的童年记忆。他在众人面前吟诵着自己的小诗《春泽》，讲那条小溪旁边断断续续的积雪如何融化，如何被树木和花儿吸收，然后以人生导师的姿态劝告花木们要有感恩的心。

童年最纯真的记忆就这样遭到谋杀，变成了尸体一般干瘪平庸的道德寓言诗。它完全符合文艺理论中对通俗文学的特征概括：程式化的叙述和明确而大众化的价值判断，像弗罗斯特后期几乎所有的诗歌一样。这倒让我想起罗素对亚里士多德《尼各马可伦理学》一书的戏谑："亚里士多德的伦理观点大体上代表着他那时有教养的、有阅历的人们的流行见解。凡是既不低于、也不高于正派的循规蹈矩的水平的公民们，对于他们认为应该用以规范自己行为的那些原则，都可以在这部伦理学里面找到一套有系统的阐述。"

弗罗斯特有一首很著名的 *Nothing Gold Can Stay*，一般被译成《纯金难留》或者《金子一点也留不下》。如果可以意译的话，我觉得最贴切的译法就是套用纳兰容若的成句"人生若只如初见"，这正是弗罗斯特一生的诗谶：

谁也不知道
在那些
未被选择的
选择里
究竟会
发生什么

04

世界的第一抹绿是金色，

是最难留住的色彩。

每一片新生的叶子都是一朵小花，

但一小时后就不再是了。

然后叶子就褪变成叶子，

然后伊甸园沉入了忧伤，

然后黎明堕入了白昼，

没有一点金色可以留住。

Nothing Gold Can Stay

by Robert Frost

Nature's first green is gold,

Her hardest hue to hold.

Her early leaf's a flower;

But only so an hour.

Then leaf subsides to leaf

So Eden sank to grief,

So dawn goes down to day,

Nothing gold can stay.

[诗艺小札]

弗罗斯特的诗风

在弗罗斯特的时代，诗人们总是想在诗歌形式上创新，或者取消格律，或者取消标点。总之，一切都要显得"现代"。相形之下，弗罗斯特无疑是个守旧的人，他坚持使用传统的诗歌格律，他认为诗歌就应该是一种戴着镣铐的舞蹈，是一局规则严格的竞技比赛；会有人愿意去看一场取消了球网的网球比赛吗，会有人愿意去看一场没有任何技艺、任凭群众演员自由发挥的芭蕾舞表演吗？

诗律造就了诗歌的音乐效果，相应地也造就了诗歌音乐一般的感染力。以《那条未走的路》为例，全诗分为四个诗节，每节五行，尾韵的规律是 abaab，每行四个音步（foot），其轻音与重音的组合、长音与短音的组合，都是精心构造过的，读起来有一种舒缓的顿挫感，仿佛是大提琴的鸣唱。

诗的最后一节尤其见得音韵的巧妙：

I shall be telling this with a sigh

Somewhere ages and ages hence:

Two roads diverged in a wood, and I—

I took the one less traveled by,

谁也不知道
在那些
未被选择的
选择里
究竟会
发生什么

04

And that has made all the difference.

在 abaab 结构的尾韵里，a 的韵脚是双元音 [ai]，饱满得如同长长的叹息，b 的韵脚则是 [ens]，短促逼仄，仿佛有多少话欲说还休。尤其是诗的结句 And that has made all the difference，造成了一种戛然而止的音色；人们在读到这里时本来期待着与 sigh/I/by 相称的浑圆的音色，但是没有，只有孱弱的、黯淡的、落寞的声音，完全承受不住前边一连三声的沉沉的哀叹，这就是纯然用音色表达出来的"言尽而意未尽"。

这样的音色之美确实会被杀死在译者的笔下，而这恰恰就是诗艺的精微之处。中国新诗时代的诗人有许多都是通过中译本接触外国诗歌的，结果全都学成了自由体，诗歌的音色之美几乎已经彻底地消失于人们的视野之外了。

亚历山大·蒲柏

（Alexander Pope，1688 — 1744）

/

/

/

英国诗人，启蒙主义者，他的许多诗句已成为英语中的成语。蒲柏的诗歌以优美工整著称，而同样赫赫有名的，还有他的刻薄。蒲柏因幼年时一场疾病落下终身残疾，身高 1.37 米、驼背、羸弱，使得他即便在跻身伦敦文学名流之后仍自卑不已。自卑催生敏感、易怒，使得蒲柏攻击身边的一切，他在文学上越精进，他的攻击越有杀伤力。最终，几乎所有人都与蒲柏反目，他也在疯狂中孤独地死去。那些技巧卓绝的讽刺诗，写满了他与世界的剑拔弩张；而他只字未提的，是一个有着唯美主义倾向的人，终其一生都无法面对自己的丑陋与残疾。想攻击他的人尽可攻击，不用旁人不原谅他，他首先就不原谅自己。

05　令人困惑的
人生哲理

凡存在的都合理，这就是清楚的道理。

——亚历山大·蒲柏《人论》

1.

亚历山大·蒲柏，这个名字对于今天的中国读者来说，不再完全陌生。你或许记得，在畅销书《达·芬奇密码》里，蒲柏的名字是解决一道重要谜题的关键。"兰登仔细地打量羊皮纸。他又看到另一首用精美书法写就的四行诗，而且仍然采用了五音步抑扬格。诗的第一行是这样的：在伦敦葬了一位由教皇为他主持葬礼的骑士。诗的其余部分清楚地表明：要打开第二个密码盒，就必须去拜访位于这座城市某个地方的骑士坟墓。"

"在伦敦葬了一位由教皇为他主持葬礼的骑士"（In London lies a knight a Pope interred），这位骑士要么身份显贵，要么功绩卓绝，以至于竟要劳驾教皇为他主持葬礼。但是很不可解，诗的下一句却是"他的行为触怒了上帝，因为违背了他的旨意"，既然这是一位触怒了上帝的骑士，教皇又怎么可能为他主持葬礼呢？及至兰登破解出这位神秘的骑士就是大名鼎鼎的牛顿，谜题却变得愈发费解：牛顿的葬礼分明有史料可查，显然不是由教皇主持的。

而秘密就在于，所谓"一位教皇"（a Pope）只是一个文字游戏，其实是亚历山大·蒲柏（A. Pope）而不是"一位教皇"（a Pope）主持了牛顿的葬礼。

亚历山大·蒲柏（Alexander Pope），那个时代的大诗人，他确实主持了牛顿的葬礼，还在葬礼上朗诵了纪念牛顿的诗句："自然和自然法则都在夜晚隐藏，上帝说'让牛顿来'，然后天光大亮。"（Nature and Nature's law lay hid in night; God said, 'Let Newton be,' and all was light.）

这两句诗在今天看来着实有点费解，然而在那个时代，科学和宗教还不是那么或水火不容，或分道扬镳，上帝允许科学家去探索他在这个宇宙里埋藏下的隐秘秩序，人类可以通过科学去一点点接近上帝。

那时的人们甚至相信，就连法律也是上帝在创世之初就制定好的，只是隐而不发，等待一代代的世人慢慢地寻找，慢慢地发现。所以，每一部法典其实都只是对上帝那部完美法典的一小部分发现罢了——是"发现"而非"创制"。

蒲柏的诗也常常是"发现"而非"创制"，也就是说，那些诗句并不阐明任何新的东西，而只是优美地道出人们心中已有的东西——这是"流行"的重要秘诀之一。

时常有人说起，某某作品中的观点相当犀利，他喜欢这样的犀利。然而在我看来，那些所谓的犀利之作，通常不过是表达方式的犀利，只是用犀利的词句，道出某个早已流行、易于为大众接受的观点。而犀利的观点，真正犀利的"观点"，从来就不会在它自己的时代里流行，人们要么视之为洪水猛兽，要么视之为天方夜谭，要么根本就看不到它。"观点犀利的流行作品"，这本身就是一句自相矛盾的话。

在蒲柏的诗里诗外，我们就会清楚地看到这个道理。人们喜爱一首诗，常常说它引起了自己的共鸣，道出了自己一直想说却说不出的东西。蒲柏把这个道理看得很清楚，所以他认为最好的诗句应当是"内容虽然众所周知，表达却是空前绝后"。(What oft was thought, but ne'er so well express'd.) ——这其实不全是实话，蒲柏虽然总是把老生常谈大做翻新，但在表达形式上始终把"空前绝后"严格限制在主流趣味之内，他才不会去搞意象派或是意识流什么的。

如果你想了解那个时代里英国的普通知识阶层最一般的想法、认识和趣味，那么蒲柏的诗就是最好的一条途径。原因无他，蒲柏不仅是那时首屈一指的畅销书作家，甚至还是整个英国文学史上第一个靠笔耕脱贫致富的人。有什么样的畅销书，就有什么样的时代风貌。

2.

蒲柏是个博学的人。博学的人从古至今并不鲜见，但像蒲柏这样既博学、又始终把自己的品位保持在大众平均值上的人，却少之又少。他还是个了不起的翻译家，我们在后文还将提到，他翻译的《荷马史诗》是勃朗宁夫人童年时最爱的读物。

博学的人往往偏于理性，无论写诗、著文都会带着这个特点，很少有激情泛滥的时候。蒲柏在这一点上倒不例外，他在青年时代就写极富理性的诗，那是七百多行的《论批评》，俨然以大师的姿态对整个西方文学史指点江山。但他写得巧妙，总能创造出一些易于传诵的格言警句。所以他一举成名，当时的他，年仅 23 岁。

蒲柏最重要的诗作是用英雄双韵体写成的《人论》（*Essay on Man*），由四封长信组成，畅谈宇宙人生，教导人们应当安于现存秩序，只要巧妙地扭转心态，站在更高的角度来看问题，就会把那些困扰人心的罪恶和不公看作一个和谐美满秩序中的某些和谐美满的环节，人会因此而获得心灵的宁静和永久的幸福。这就是 18 世纪上半叶的主流价值观，想想真是令人费解。

阅读蒲柏《人论》时，我处于少年与青年之间。那时候我的读物中，只要事关人生取向，总是些块然独立、宁折不弯的情怀，所以当我骤然遭遇蒲柏这套哲学，简直有点手足无措。

《人论》中最著名的是这样一段：

> 整个自然都是艺术，不过你不领悟；
> 一切偶然都是规定，只是你没看清；
> 一切的不和谐，是你不理解的和谐；
> 一切局部的祸，乃是全体的福。
> 高傲可鄙，只因它不近情理。
> 凡存在的都合理，这就是清楚的道理。
>
> （王佐良 译）

All Nature is but Art unknown to thee;

All chance direction, which thou canst not see;

All discord, harmony not understood;

All partial evil, universal good:

And spite of Pride, in erring Reason's spite,

One truth is clear, Whatever is, is right.

　　许久之后我才了解，这是西方世界源远流长的一套观念，至少早在大约两千年前，古罗马的哲学皇帝马可·奥勒留在《沉思录》里就已经表达过这般豁达的心胸了。"凡存在的都合理"，如果你觉得不合理，那只是因为你眼界太窄、脑筋太钝，不晓得应当从全局来看问题，不晓得"一切局部的祸，乃是全体的福"。如果你不想让别人觉得你眼界太窄、脑筋太钝，那么你就坚称"凡存在的都合理"好了。

　　我想，这至少会让自己感觉愉快吧。

　　《沉思录》说："当洗澡时你看到这样的东西——油腻、汗垢、肮脏、污秽的水，所有的东西都发出令人作呕的气味——生命的每一部分和一切事物都是如此。"如果你实在觉得痛苦——所有自然灾害以及人世上的不公加诸你头上的痛苦——是一种恶，那么，你也完全可以不把它想成是恶："痛苦或者对身体是一个恶（那就让身体表示它的想法吧），或者对灵魂是一个恶；但是，灵魂坚持它自己的安宁和平静，不把痛苦想作一种恶，这是在它自己的力量范围之内。因为每一判断、活动、欲望和厌恶都是发生在内心，而任何恶都不能上升得如此高。"

　　似乎很少有人会像我这样想：油腻、汗垢、肮脏、污秽的水，这些存在的东西的确是合理的，但是，奥勒留仍然要把它们洗掉，洗澡这个"存在"的活动其实也是合理的，奥勒留并没有因为想通了油腻、汗垢、肮脏、污秽的水这些存在之物的合理性从此就不再洗澡了；众暴寡、强凌弱，这的确是大自然的规律，是合理的，但我们厌恶这种事情，我们扶危济困、除暴安良，这当然也是合理的，难道我们会因为想通了弱肉强食这一存在之规律的合理性，从此就安心忍受这世上的一切不公？

真是不可思议，为什么那些根本难以自圆其说的心灵鸡汤会在那么长的时间骗过那么多人？或许总有人必须欺骗别人，也总有更多的人必须欺骗自己。

中国读者熟悉"凡存在的都合理"是因为黑格尔，黑格尔在《法哲学原理》的序言里的确讲过"凡是合乎理性的东西都是现实的，凡是现实的东西都是合乎理性的"，但这是一个哲学意义上的命题，不能拿去做伦理学或所谓人生哲学的解读，它并不意味着凡是现实存在的东西都是道德上可取的。但无论是既得利益者还是被侮辱与被损害的人，竟然都喜欢对这个命题做出浅薄的道德意义上的解读，这真是一件令人百思不得其解的事情啊。

连黑格尔自己都不理解这个命题为什么会引起那么多的"诧异和反对"，所以他在后来出版的《小逻辑》的导言里又为自己小心翼翼地辩解了一番，说自己所谓的"现实"是有特殊含义的。但是，他的辩解在学术圈外没起到任何作用，因为任何稍稍复杂的思想都不可能具备流行潜质，人们更喜欢简单粗暴的格言和口号——只要它是有力的，哪怕它是荒谬的。

3.

我想，至少作为一个无害的参照，有一首《栖息着的鹰》是值得一读的。这是英国现代诗人泰德·休斯（Ted Hughes）的诗，它通篇都用鹰的口吻，道出鹰的世界里最自然不过的洞见与常识。它不是传统的抒情诗，非但一点都不优美，甚至缺乏色彩和温度，它雄踞在宇宙的制高点上俯瞰着、傲视着蒲柏式的世界，发出令人毛骨悚然的声音：

　　　　我坐在树的顶端，把眼睛闭上。
　　　　一动也不动，在我弯弯的脑袋
　　　　和弯弯的脚爪间没有弄虚作假的梦：
　　　　也不在睡眠中排演完美的捕杀或吃什么。

　　　　高高的树真够方便的！
　　　　空气的畅通，太阳的光芒
　　　　都对我有利；
　　　　地球的脸朝上，任我察看。

　　　　我的双脚钉在粗粝的树皮上。
　　　　真得用整个造化之力
　　　　才能生我这只脚、我的每根羽毛：
　　　　如今我的脚控制着天地

　　　　或者飞上去，慢悠悠地旋转它——
　　　　我高兴时就捕杀，因为一切都是我的。
　　　　我躯体里并无奥秘：
　　　　我的举止就是把别个的脑袋撕下来——

分配死亡。

因为我飞翔的一条路线是直接

穿过生物的骨骼。

我的权力无须论证：

太阳就在我背后。

我开始以来，什么也不曾改变。

我的眼睛不允许改变。

我打算让世界就这样子下去。

（袁可嘉 译）

Hawk Roosting

by Ted Hughes

I sit in the top of the wood, my eyes closed.

Inaction, no falsifying dream

Between my hooked head and hooked feet:

Or in sleep rehearse perfect kills and eat.

The convenience of the high trees!

The air's buoyancy and the sun's ray

Are of advantage to me;

And the earth's face upward for my inspection.

My feet are locked upon the rough bark.

It took the whole of Creation

To produce my foot, my each feather:

Now I hold Creation in my foot

Or fly up, and revolve it all slowly—

I kill where I please because it is all mine.

There is no sophistry in my body:

My manners are tearing off heads—

The allotment of death.

For the one path of my flight is direct

Through the bones of the living.

No arguments assert my right:

The sun is behind me.

Nothing has changed since I began.

My eye has permitted no change.

I am going to keep things like this.

　　"凡存在的都合理"，自然也包括这雄踞的、掠食的鹰。鹰的世界观相当单纯，"我高兴时就捕杀，因为一切都是我的"。可它凭什么呢，凭什么可以这样，凭什么可以理所当然地这样？——鹰不屑于回答这样的问题，最多只是冷冷地说："我的权力无须论证。"这就是天理、公道、正义，鹰说："我打算让世界就这样子下去。"

鹰既然这样想，世界也就只好这样做了。

其实鹰不会这样讲，这只是诗人替它讲出来的。聪明的鹰只会讲蒲柏式的道理，讲给兔子们听；兔子们也真的相信蒲柏式的道理，相信"凡存在的都合理"，相信任何形式的反抗都既无道理也无意义，从此它们再不会在筋疲力尽的抗争中死于残酷的掠食，而是在鹰的利爪下主动而快活地奉献自己。

4.

在阿尔贝·加缪的戏剧《卡利古拉》里，有一段对话，两句台词，我们每个人都必须二中选一：

舍雷亚说："我们要想在这个世界里生活，就应该替它辩护。"

卡利古拉答道："这个世界并不重要，谁承认这一点，就能赢得自己。"

这不会是什么艰难的选择，至少对蒲柏来说不会，也许对我们每个人来说都不会。

[诗艺小札]

诗的音色，或诗歌与音乐

　　蒲柏是个非常擅长雕琢音色的诗人。在《论批评》里，他说过这样一句名言：优秀的作品"不能仅仅满足于不刺耳，声音必须是意义的回声"。（'Tis not enough no harshness gives offence, / The sound must seem an echo to the sense.)

　　声音就像音乐一样，会影响人的情绪。作曲家知道，较严肃的歌曲更适合用大调来谱，较柔情的歌曲更适合用小调来谱。中国的古典诗人也深谙这个道理，知道若表达开阔的情绪就要多用开阔的声音，比如"朝""红"这样的字；若表达苍凉的情绪就多用苍凉的声音，比如"悠""洲"这样的字，甚至连绵起来，如"悠悠"；喁喁私语则适合"枝""期"这样的声音，绝对不要洪亮；逼仄难抒的情绪则适合用入声的韵脚，如岳飞的《满江红》(怒发冲冠)。

　　也有些诗人特意要把诗与歌泾渭分开，后期的戴望舒就是这样，从《我的回忆》这部诗集开始便再不复《雨巷》时的样子了。今天的读者恐怕支持戴望舒的会多些，但我想这并不反映诗歌的某种发展，只是人们对诗歌愈发产生隔膜罢了。

辛波丝卡

（Wislawa Szymborska，1923 —　）

/

/

/

波兰女诗人，1996 年诺贝尔文学奖获得者，每创作一本新诗集，都会探索新的诗歌风格与技法。辛波丝卡曾在《墓志铭》一诗中叹息道："路人啊，请你从书包里拿出计算器，为辛波斯卡的命运默哀一分钟。"不过，一位能在一周之内售出一万本诗集的诗人，并不需要我们的默哀。在这个依靠奔腾的"芯"而非"心"来运行的时代，辛波丝卡作为一名诗人，得到的欢迎与重视简直令人忌妒。当辛波丝卡在文学界占山为王时，无数与她一样为诗歌奋斗终生的人却在这个时代落草为寇。如果辛波丝卡给我一分钟，我愿意把我的默哀致予这个时代，以及那些无名的诗人。

06 从"一见钟情"到"不期而遇"

既然素不相识，他们便各自认定

自己的轨道从未经过对方的小站；

而街角、走廊和楼梯早已见惯

他们擦肩而过的一百万个瞬间。

——辛波丝卡《一见钟情》

1.

很久以来都不曾留意过辛波丝卡，以及她的诗。不是因她太冷门，恰恰相反，这个波兰女人的名字先是风行在幾米的畅销绘本《向左走，向右走》里，又频频在各种女性杂志里亮相，以至于我一直将她视为快餐时代的一位流行诗人罢了。所以，当我得知辛波丝卡原来是 1996 年诺贝尔文学奖得主时，多少有些讶异。

那天下午的讲座，竟然提到了幾米的绘本和辛波丝卡的诗歌。主讲人是一位年轻的教授，他很有市场意识，他说幾米在广告公司做了十几年的美术指导，而这个行业、这个职位，所有资深人士都是这个世界上最懂得如何打动消费者的心的人。现代中国的都市年轻人普遍都感到迷茫和孤独，他们需要温暖的颜色，需要新的童话来帮助自己对抗这个冰冷无趣的成年人的世界，他们一时适应不了"长大成人"的压力，他们渴望找回过去的那种毫无功利色彩的单纯而诗意的人际关系，他们渴望爱与被爱，也怀疑爱与被爱，每个人都置身于一个大得惊人的人际网络里，但这是成人世界功利的甚至是尔虞我诈的人际网络，你身边的人越多，你反而越感到孤独……而且，当你陷入这种孤独的时候，你并不知道其实旁人——或许就是你身边最近的人——也和你一样孤独。

我至今仍能复述那场讲座的内容，因为当时的我对讲座中提及的论调无比新奇。那场讲座的高潮，是教授用一种很好听的声音朗读辛波丝卡的《一见钟情》——他先是放了一段波兰语的朗诵录音，让我们感受原文优美而独特的声韵，继而用中文为我们朗读。众人陷入了一种莫名的伤感气氛中，甚至有女生哭出了声。

2.

时至今日，我依旧没有生出那种致命的孤独感，我每天工作、偷懒，在公交车上旁若无人地看自己的书，在办公室里和同事们兴高采烈地诅咒领导……我没有时间孤独。我是一个毫无上进心的人，所以没有人会对我处心积虑；我是家境最普通的人，所以也没有人忌妒我廉价的行头。我从没感觉童年呼啸而去，就算没有糖果罐和玩具熊的围绕，这个"成人世界"对于我来说，与孩童王国也没有什么不同。

只在辛波丝卡的诗里我才觉出不同，我甚至觉得那才应该是一个真实的现实世界，而我自己每一天的真实生活反而是被自己虚构出来的。我渐渐喜欢上了《一见钟情》（这首诗的英译本也很漂亮），我觉得那是藏在电影银幕深处的一个美丽新世界：

　　　　有一种爱叫作一见钟情，

　　　　突如其来，清醒而笃定；

　　　　另有一种迟缓的爱，或许更美：暗暗的渴慕，

　　　　淡淡的纠葛，若即若离，朦胧不明。

　　　　既然素不相识，他们便各自认定

　　　　自己的轨道从未经过对方的小站；

　　　　而街角、走廊和楼梯早已见惯

　　　　他们擦肩而过的一百万个瞬间。

　　　　我很想提醒他们回忆

　　　　在经过某个旋转门的片刻，他们曾经脸对着脸，仅隔着一面

　　玻璃，

　　　　还有某个拨错的电话，人群中的某一声"抱歉"……

　　　　只是，他们不可能还记得起。

　　　　若他们终于知道

　　　　缘分竟然捉弄了自己这么多年，

　　　　他们该有多么讶异。

　　　　缘分是个顽童。在成长为矢志不渝的宿命之前，

　　　　它忽而把他们拉近，忽而把他们推远，

它憋着笑，为他们设下路障，
自己却闪到一边。

但总有些极细小的征兆，
只是他们尚读不出其中的隐喻：某一天
一片落叶，从他的肩飘上了她的肩，
也许就在上个周二，也许早在三年之前；
或是无意中拾到了某件旧物——遗失了太久，
消失于童年灌木丛中的那只皮球。

或是他转过她转过的门把，按过她按过的门铃，
或是他的刚刚通过安检的皮箱正紧紧挨着她的，
或是相同的夜晚里相同的梦
冲淡了，被相同的黎明。

毕竟，每一个开篇
都只是前后文当中的一环；
那写满故事的书本，
其实早已读过了一半。

（苏樱 译）

Love at First Sight

by Wislawa Szymborska

They're both convinced

that a sudden passion joined them.

Such certainty is beautiful,

but uncertainty is more beautiful still.

Since they'd never met before, they're sure

that there'd been nothing between them.

But what's the word from the streets, staircases, hallways—

perhaps they've passed by each other a million times?

I want to ask them

if they don't remember—

a moment face to face

in some revolving door?

perhaps a "sorry" muttered in a crowd?

a cut "wrong number" caught in the receiver?

but I know the answer

No, they don't remember.

They'd be amazed to hear

that Chance has been toying with them

now for years.

Not quite ready yet

to become their Destiny,

it pushed them close, drove them apart,

it barred their path,

stifling a laugh,

and then leaped aside.

There were signs and signals,

even if they couldn't read them yet.

Perhaps three years ago

or just last Tuesday

a certain leaf fluttered

from one shoulder to another?

Something was dropped and then picked up

Who knows, maybe the ball that vanished

into childhood's thicket?

There were doorknobs and doorbells

where one touch had covered another

beforehand.

Suitcases checked and standing side by side.

One night, perhaps, the same dream,

grown hazy by morning.

Every beginning

is only a sequel, after all,

and the book of events

is always open halfway through.

(translated by Stanislaw Baranczak & Clare Cavanagh)

　　另有一个译本，将第一诗节的后两行诗译作"这样的笃定是美丽的，但变化无常更是美丽"，而在英译本里，这两行诗写作 Such certainty is beautiful, but uncertainty is more beautiful still，"笃定"与"反复无常"分别对应着 certainty 和 uncertainty。相比之下，我自己更喜欢英译本的表达方式。

　　确定性（certainty）和不确定性（uncertainty）实在是一个古老的哲学话题，最近读了熊逸《正义从哪里来》的手稿，其中讲到人们出于对生活中的各种不确定性的恐慌，甚至甘愿舍弃独立、自由和平等，屈从于某种主奴关系的社会秩序。他也许是对的，但这实在太破坏生活的诗意了，我想人们会更喜欢不确定性带给自己的种种惊喜。无论是一个意料之外的风和日丽，还是一次将会注定一生的邂逅，总是像一个个漂浮在朝九晚五之上的童话气球，色彩斑斓，引我们仰望和期待。

3.

所有的事物都有或显或隐的渊源。幾米《向左走，向右走》的故事源于辛波丝卡的《一见钟情》，辛波丝卡的《一见钟情》其实也有自己的源头。诗人在一次接受采访的时候谈到过这个源头，是《鲁拜集》第29首小诗和尼采的《新的哥伦布》。

时间的脉络一下子延展到了一千年前，若不是诗人自己讲起，我们怕是想不到这几首诗歌的关联吧？

1859年，英国诗人菲茨杰拉德翻译出了中古伊朗诗人海亚姆的《鲁拜集》101首，顷刻间震惊了世界，他们无法相信这些纯美的小诗竟然沉埋了七百多年，险些就从人类的文明史上永远地消失了。

想不到又有这么巧，《鲁拜集》第29首恰恰是我童年时最爱的一首诗。那时候我像很多同龄的孩子一样，开始生出一些朦胧的"哲学困惑"：我到底是从哪里来的，又将向哪里去，我为什么是活的，石头又为什么好像从来都不曾活过……那时候我总是缠着祖父问这些问题，这一定令他非常苦恼，因为他已经不能再用童话故事打发我了，书店里所能买到的所有童话书都被我看遍了。最后祖父就给我找出了一本厚厚的大人的书，给我读其中的一首小诗：

> 我像流水不由自主地来到宇宙，
> 不知何来，也不知何由；
> 像荒漠之风不由自主地飘去，
> 不知何往，也不能停留。

81

Into this universe, and Why not knowing

Nor Whence, like Water willy nilly flowing;

And out of it, as Wind along the Waste,

I know not Whither, willy nilly blowing.

　　童年的我当然不能接受这种没有答案的答案（那时候我笃信世界上所有的问题都有确定答案，如同每一把锁在诞生之初便配好了开启它的钥匙），但恍恍惚惚地，好像被什么东西打动了似的。而且，发现还有人和自己有同样的困惑，这个人居然还是个"写在书里的人"，我多少还是有点欣慰的。

　　我们的生命既不知来由，也充满了不确定性。上了大学之后，看到身边的同学一个个要么入了党，要么信了教，好像都解决了不确定性所带来的恐慌感。但我没有，因为我会想起海亚姆的这首诗，觉得我自己的灵魂所要寻找的确定性恰恰就在这流水与飘风"不知何来，也不知何由"的不确定性里，这样的诗意已经足以让我安稳了。那时候，我觉得自己突然理解了海德格尔所谓的"人，在诗意里栖居"。后来一个哲学系的师兄狠狠嘲笑了我，给我长篇大论地讲了一番海德格尔和存在主义。我听不懂他的任何一句话，只记得有些"此在""手前之物"什么莫名其妙的字眼；不管怎样，我还是坚持自己的理解——虽然很可能是错的，但我喜欢。

　　尼采的《新的哥伦布》也是一首关于不确定性的诗，但这个主题把握在呼唤强力意志和超人精神的尼采手里，意蕴就和《鲁拜集》大不一样了。哥伦布是热那亚人，他在尼采的诗中却说："最陌生的，于我最贵重！对于我，热那亚已沉入海底。"他一点都不在意熟悉的故乡和陆地，只在意眼前那一片无垠的、充满无限未知的海域。而无限的未知究竟意味着什么呢？是伟大的发现，还是无情的灾难？他都不在意，他要的只是新奇。

无论是海亚姆的流水飘风，还是尼采重塑的新哥伦布，都已经在现代都市里彻底丧失了流行潜质。哲人和英雄都距离我们太远，我们需要的是辛波丝卡，需要她笔下的美丽与哀愁。

4.

在辛波丝卡的诗里，我最喜欢的一首恰恰是个冷门。这是一首短小的诗，叫作《不期而遇》。这首诗用最奇幻的想象来表达最现实、冰冷甚至平庸的内容：

> 我们彼此客套寒暄，
> 并说这是多年后难得的重逢。
>
> 我们的老虎啜饮牛奶。
> 我们的鹰隼行走于地面。
> 我们的鲨鱼溺毙水中。
> 我们的野狼在开着的笼前打呵欠。
>
> 我们的毒蛇已褪尽闪电，

猴子——灵感，孔雀——羽毛。

蝙蝠——距今已久——已飞离我们发间。

在交谈中途我们哑然以对，

无可奈何地微笑。

我们的人

无话可说。

（陈黎、张芬龄 译）

最刻骨的悲哀恐怕莫过于《一见钟情》里的青年男女终于在岁月的消磨里变成了《不期而遇》的尴尬而陌生的熟人。在传统诗歌里那些威风凛凛的象征：老虎、鹰隼、鲨鱼、野狼，通通变得萎靡不振，一点点生气都没有给他们的主人留下。鲨鱼最是可笑，竟然溺毙在水里。曾经我们最怕被对方伤害，而今我们的火焰早已冷却成灰。也许我的老虎曾经撕咬过你的鲨鱼，也许你的野狼曾经追逐过我的蝙蝠，但当时间一天一天过去，多年后我们在街头不期而遇，谁还有力量改写我们如同标语般押韵而规律的心跳？

麦克尼斯

（Louis MacNeice, 1907 — 1963）

/

/

/

出生于爱尔兰的英国诗人、戏剧家。麦克尼斯的一生，除了毕业于牛津大学，其他部分都像极了一位诗人应有的热烈人生：他因酗酒而被逮捕，他在演讲台上醉倒，他出生于基督教之家却偷偷娶了一位犹太人，他选择在英国度过他绝大部分的人生却无限迷恋爱尔兰，他拒绝加入任何党派，他公开宣称他没有所谓的政治忠诚，他坚持要在烛光中阅读雪莱和马洛的诗，他在英国广播公司工作时制作了很多关于他自己的电视剧……而他的诗，却意外的温和：口语接着口语，雪接着凸窗接着玫瑰接着汽笛，絮絮叨叨，像儿童的梦呓。了解他的故事后再读他的诗，就像是观赏魔术师十指翻飞，将尖利的火焰化为海水一片。

07 炽热或倦怠的爱情

有时半夜醒来，她听他的均匀的呼吸

而感到安心，但又不知道

这一切是否值得，

那条河流向了何处？

那些白花又飞到了何方？

——麦克尼斯《仙女们》

1.

前些天，一位同事执着地向我推荐一部电影。他告诉我，那是一个撼动人心的爱情故事，以至于他每看一遍都会痛哭流涕、唏嘘不已。向来对爱情电影兴趣缺缺的我，被他的描述打动了，备好一沓纸巾和一个凉风习习的初夏傍晚，想要感动一场。

这是穷小子和富家女的爱情故事，一个标准的类型电影，迟缓的叙事节奏不到十分钟便耗尽了我的所有耐心，我甚至不切实际地期待出现谋杀场面，好刺激我平静得几欲死去的神经——最好实施在某个精心布局的密室里，足以难倒一辈子专攻密室诡计的约翰·迪克森·卡尔。我的期待最终被辜负了，但我没有辜负同事的期待——我坚持看到了演职员表。

然后，毫无悬念，同事与我讨论电影情节。他说起那个晚归的场景，女孩子在卧室里被母亲呵斥："你怎么能和那样的人来往！""哪样的人？""垃圾一样的人！"男孩子正忐忑地坐在客厅，房门隔不住刻薄的字眼。

同事说，那一刻他泣不成声。我无言，半晌才问道，你不觉得这一幕太戏剧化、太简单化了吗？他愣愣地看着我，惊诧地说，没想到你这么冷血。

我并不冷血，只是曾经沧海罢了。那种过于戏剧化的冲突虽然看上去剑拔弩张，甚至你死我活，但真正残酷的悲剧是完全相反的，它们从不会在情绪的最高点上爆发出来，只会缓缓地销蚀，渐渐地侵吞，以冰冷的冷静和处心积虑的决绝，以一切成年世界特有的心计，让悲剧发生得无声无息，连受害者本人都懵然不觉。

2.

第一个初恋的故事我是在《约翰·克利斯朵夫》里读到的。读那厚厚四大本书的时候年纪尚浅，今天已然忘记了书里种种复杂的情节，但克利斯朵夫的初恋故事一直镌刻于我的记忆深处，尽管这个故事在书中既不起眼也不重要。

少年克利斯朵夫做了贵族少女弥娜的钢琴教师，穷小子和富家女的爱情故事就这样开始了。只是一个仓皇的机缘，他吻了她的手，他突然发觉他爱着她，他突然生出一种前所未有的奇妙的感觉："克利斯朵夫一发觉自己爱着弥娜，就同时发觉是一向爱她的。三个月以来，他们差不多天天见面，他可从来没想到这段爱情；但既然今天爱了她，就应该是从古以来爱着她的。"

　　然后，他们像所有的初恋情侣一样，做着和几百年前与几百年后的初恋情侣同样的傻事，他们秘密地传递着每一个目光和每一口呼吸，"旁人听来，他们所说的无非是些极普通的应对，但在他们俩竟好比唱着永远没有完的恋歌。声音笑貌之间瞬息万变的表情，他们都看得清清楚楚，像本打开的书；甚至他们闭着眼睛也能看到"。

　　他们小心翼翼瞒着父母，他们的小世界里除了彼此之外便再没有旁人。但是，弥娜的母亲克里赫太太，难道发觉不了什么吗？她又会怎样强横地管束女儿，会把克利斯朵夫辞退吗，会严禁女儿继续和那个"垃圾一样的人"交往下去吗？

　　不，克里赫太太完全不是这样做的，她甚至一点也不曾改变自己一贯的温和态度：

　　　　克里赫太太不久就窥破了他们自以为巧妙而其实很笨拙的手段。有一天，弥娜和克利斯朵夫说话的时候身子靠得太紧了些，她母亲出其不意地闯进来，两人便慌慌张张地闪开了。从此弥娜起了疑心，认为母亲已经有点儿发觉。可是克里赫太太装作若无其事，使弥娜差不多失望了。弥娜很想跟母亲抵抗一下，这样就更像小说里的爱情了。

　　　　她的母亲可不给她这种机会；她太聪明了，决不因之操心。她只在弥娜前面用挖苦的口气提到克利斯朵夫，毫不留情地讽刺他的可笑，几句话就把他毁了。她并非是有计划地这么做，只凭着本能行事，像女人保护自己的贞操一样，施展出那种天生的坏招数。弥娜白白地反抗、生气、顶嘴，拼命说母亲的批评没有根据，其实是批评得太中肯了，而且克里赫太太非常巧妙，每句话都一针见血。克利斯朵夫的太太的鞋子，难看的衣服，没有刷干净的帽子，内地人的口音，可笑的行礼，粗声大气的嗓子，凡是足以损伤弥娜自尊心的缺点，一桩都不放过：而说的时候又像是随便提到的，没有一点存心挑剔的意味；愤慨的弥娜刚想反驳，母亲已经轻描淡写地把话扯开。可是一击之下，弥娜已经受伤了。

她看克利斯朵夫的目光，慢慢地不像从前那么宽容了。他隐隐约约地有点儿觉得，就不安地问："你为什么这样望着我？"

她回答说："不为什么。"

可是过了一会儿，正当他挺快活的时候，她又狠狠地埋怨他笑得太响，使他大为丧气。他万万想不到在她面前连笑也得留神的：一团高兴马上给破坏了。——或是他说话说得完全出神的时候，她忽然漫不经心地对他的衣着来一句不客气的批评，或者老气横秋地挑剔他用字不雅。他简直没有勇气再开口，有时竟为之生气了。但他一转念，又认为那些使他难堪的态度正表示弥娜对他的关心；而弥娜也自以为如此。于是他竭力想虚心受教，把自己检点一下；她可并不满意，因为他并不真能检点自己。

现在抄录这段话，我仍在重复初读时所感到的那种刺骨悲恸，悲恸青涩的恋情是如此脆弱，悲恸成人的世界是如此险恶。这样的故事令人恻然，爱情原来真的只是幻觉——看看少年狂热中的克利斯朵夫和弥娜吧，最具悲剧性的是，你完全没法说克里赫太太究竟该不该这样阻止他们。初恋的冷冷夭折固然是个悲剧，由着它开花结果未尝不是更大的悲剧。

3.

洛伦佐·达萨是一个做骡队生意的暴发户，他最远大的理想就是把自己聪明漂亮的女儿嫁入上流社会，使女儿成为一名真正的贵妇人。为着这个理想，他甚至变卖了全部的家产和牲畜，举家迁到了一座最有文化底蕴的城市。这城市虽然已经破旧，它昔日的光辉虽然已经千疮百孔，但他坚信，自己那个美貌的、受过良好的旧式教育的女儿一定会在这里找到新生的希望。就在这个时候，他的女儿费尔明娜恋爱了，对方名叫弗洛伦蒂诺·阿里沙，一个一文不名的穷小子，一个孱弱的、爱好诗歌的少年。

同样的困局，不是吗？它来自加西亚·马尔克斯的《霍乱时期的爱情》，一部具有毁灭性力量的小说。为了阻止这段毫无功利色彩的爱情，洛伦佐·达萨用尽了所有的办法，当他终于失去克制的时候，女儿的回答是"拿起一把切肉的刀子毫不做作地、非常坚定地放在自己的脖子上"，而阿里沙，把手放在胸口上，任由他开枪射击，"打吧，没有比为爱情而死更光荣的了"。

这是一场真正意义上的斗智斗勇，洛伦佐·达萨放弃了暴力，用他那暴发户特有的魄力和狡黠做出一个惊人之举——带着女儿做了一次令人发疯的旅行。"旅行的第一阶段就是骑在骡背上，在内瓦达山中的悬崖峭壁上行走，任凭烈日的烤晒、十月大雨的浇淋，还常常被崇山峻岭之间令人昏昏沉沉的蒸汽弄得几乎神魂颠倒。上路后的第三天，一头骡子被牛虻叮过发了疯，同骑手一起掉下了山涧，连带把系在一起的其他牲畜也带了下去。失事后，骑手和那七头牲口的惨叫声，在山涧小溪和悬崖边缘上继续了好几个小时。"这只是灾难的开始,还有战火在等着他们,"这些恐惧使费尔明娜·达萨筋疲力尽,她忘掉了她认为是在梦幻中而不是在现实中的那个人"。

漫长的旅行仿佛一次严酷的成人礼:一路上数不清的冒险,数不清的人,闻所未闻的生存和死亡……但旅行总会结束的,费尔明娜终归还是会回到自己的城市,回到那个有阿里沙一直爱着她、等着她的城市。于是,在一个熟悉而嘈杂的集市上:

> 突然,一股激情把她钉在原地不动了。她的背后,近在她耳朵边上,只有她才能在如此嘈杂的人声中听到一个声音:"这儿不是花冠女王待的地方。"
>
> 她转过头来,在离她眼睛两巴掌远的地方,有一对冷冰冰的眼睛镶嵌在一张苍白的脸上,脸上的嘴唇因害怕而僵化了。她在大弥撒那天曾第一次见到这张脸。但是此一时彼一时,印象可大不一样了。当时她感到的是爱的激情,而现在则令她兴味索然。一瞬间,自欺欺人的感觉向她袭来,她恐惧地问自己,怎么会在这么长的时间里,在心中辛勤地培育起这样的美梦。她只能想起一句话:"上帝呀! 可怜的人!"弗洛伦蒂诺·阿里沙试图说点什么,试图继续跟着她。但是,她用一个手势就把他从自己的生活中清除了。
>
> "不,"她对他说,"请您忘了吧。"

当年读至此处,我先是惊呼出声,随后是长长的叹息。他们一定不会再在一起了吧? 我将书合上了很久,不忍心读下去,无限唏嘘:究竟是谁做错了，是谁伤害了剔透的爱情，是洛伦佐还是费尔明娜，抑或某种不可名状的东西？

4.

20世纪初叶，俄国芭蕾舞团表演的《仙女们》风靡欧洲。这不是一部传统意义上的芭蕾舞剧——音乐不是量身定做的，而是从肖邦的若干曲目改编来的，舞蹈也没有一个完整的故事，更像是一组抒情诗，女演员打扮成林间仙女的样子，背上插着白色的翅膀，和年轻的诗人一起舞蹈。

年轻的恋人把时光消磨在剧院里，仙女和诗人的舞蹈真美，恋人在幽暗的观众席上悄悄牵起了手，脉搏随着音乐和舞步的节奏。他们或许会希望生活得有如这场舞蹈，他们忘记了踮起的脚尖不能整日整月整年地支撑舞蹈的重量，忘记了幕布会被合拢，头顶的射灯会不友好地重新睁开眼睛，剧院门外的车水马龙会机械般地吞噬他们的身体和他们余下的所有日子。

诗人麦克尼斯也在那座剧院里，和恋人们一样看《仙女们》演出，并且注视着恋人们的沉沦与死亡，连一丁点儿罗密欧与朱丽叶式的悲壮都不给他们。这就是麦克尼斯的《仙女们》：

> 一天之内的事：他请女朋友去看芭蕾；
> 　　由于近视，他没看清什么——
> 　　灰色林子里有白裙片片，
> 　　音乐如波涛起伏，

波涛上扬着白帆。

花上有花，风信草在风里摇曳，
左边一片花对照着右边一片花，
　　涂抹的白脸之上
　　有赤裸的手臂在舞动
　　如池中的海藻。

现在我们在浮游，他感到——没有桨，没有时间——
现在我们不再分离，从今以后
　　你将穿白的缎服，
　　系一根红绸带，
　　在旋舞的树下。

可是音乐停了，舞蹈演员谢了幕，
河水流到了闸口——一阵收起节目单的声音——
　　我们再不能继续浮游，
　　除非下决心开进
　　闸门，向下降落。

这样他们结了婚——为了更多在一起——
却发现再也不能真在一起，
　　隔着早晨的茶，
　　隔着晚上的饭，

隔着孩子和铺子的账单。

有时半夜醒来，她听他的均匀的呼吸
而感到安心，但又不知道
　　这一切是否值得，
　　那条河流向了何处？
　　那些白花又飞到了何方？
（王佐良 译）

Les Sylphides

by Louis MacNeice

Life in a day: he took his girl to the ballet;

Being shortsighted himself could hardly see it-

　　The white skirts in the grey

　　Glade and the swell of the music

　　Lifting the white sails.

Calyx upon calyx, canterbury bells in the breeze

The flowers on the left mirror to the flowers on the right

　　And the naked arms above

　　The powdered faces moving

　　Like seaweed in a pool.

Now, he thought, we are floating-ageless, oarless-

Now there is no separation, from now on

    You will be wearing white

    Satin and a red sash

    Under the waltzing trees.

But the music stopped, the dancers took their curtain,

The river had come to a lock-a shuffle of programmes-

    And we cannot continue down-

    Stream unless we are ready

    To enter the lock and drop.

So they were married-to be the more together-

And found they were never again so much together,

    Divided by the morning tea,

    By the evening paper,

    By children and tradesmen's bills.

Waking at times in the night she found assurance

In his regular breathing but wondered whether

    It was really worth it and where

    The river had flowed away

    And where were the white flowers.

这是更有普遍性的悲剧，所以才会有许多人心动于"人生若只如初见"这样的句子。但这实在怪不得任何人——当你看着你们两个在无间的距离里却被最琐屑的东西隔开，"隔着早晨的茶，隔着晚上的饭，隔着孩子和铺子的账单"，如果站在纯爱的立场上非要怪谁的话，就只有责怪人类悠久的婚姻制度了。

在今天这个物欲过剩的时代，或许以上的所有问题都不再是什么问题了，至少不再是什么还值得认真考虑的问题。明智的女生们当然晓得"世间安得双全法"的道理，于是，不是她们的父母，而是她们自己，早早地变成了克里赫太太和洛伦佐·达萨，变成了预先就知道生活仅仅是早晨的茶、晚上的饭、孩子和铺子的账单。她们不会介意"那条河流向了何处，那些白花又飞到了何方"，心中沦丧的纯爱不妨在《恋恋笔记本》和《山楂树之恋》这样貌似纯情的电影里小小地发泄一下，以提醒自己其实并不是什么纯粹的经济动物。

5.

"每个人的心底都有一座埋葬爱人的坟墓。他们在其中成年累月地睡着，什么也不来惊醒他们。可是早晚有一天——我们知道的——墓穴会重新打开。死者会从坟墓里出来，用她褪色的嘴唇向爱人微笑；她们原来潜伏在爱人胸中，像儿童睡在母腹里一样。"

这是罗曼·罗兰的话，还是在《约翰·克利斯朵夫》的书里。我喜欢这样，伟大的文学尽管会道出悲剧的深刻，但也不会忘记昭示梦想的可贵。

艾米·洛威尔

（Amy Lowell，1874 — 1925）

/

/

/

美国女诗人，意象派诗歌运动的领军人物之一。洛威尔是第一位能够登上哈佛大学演讲台的女性，不过，她并未将这视为殊荣，当观众们听完诗歌朗诵后没有及时给予反应，她便直截了当地向座下的美国精英们提出要求："要么掌声要么嘘声，我不在意得到的是前者还是后者。"而她所得到的，几乎全是掌声。然后她转过身，走下演讲台。与洛威尔在文坛上的威风凛凛极不相称的，是她灰败的情感经历。频繁出入社交场合，努力修饰自己，行为举止独树一帜，都无法帮助她斩获爱情，连一生中仅获的一次求婚，都以求婚者变心而草草收场。对此，洛威尔终其一生都无法释怀。说穿了，对一个女人最大的恭维，不是掌声，是爱情。

08 意象的种子在
无边的宇宙里疯长

为什么我非得离开你，

在夜的利刃上劈伤自己？

——艾米·洛威尔《出租车》

1.

少年时，我相信所有的名家名作都是好的，因为大人们是这么告诉我的。

后来我觉得不是这样，我相信自己喜欢的就是好的，各花入各眼而已，每个人都无妨坦率表达自己的品位，正如咖啡和茶不存高下、只分偏好一样。

后来我的看法又改变了，看到了修养和艺术感受力主宰着一切差异，正如一个从未喝过好茶的人分辨不出明前和雨前的不同，尝不出惠山的泉水和老龙头的井水。尝过的越多、越久，舌尖越是敏感，口味也就越刁，就是这么个简单的道理。

今天我的看法又不同了，我开始发现，智力也是一个起着决定性作用的因素。

这个结论是从观察中得来的：笨拙的人都会喜欢简单的东西，他们会很容易接受流水线上的工作，不觉得这有任何枯燥乏味；他们喜欢具体、明确的画面，比如时尚杂志和言情小说的封面常常选用的美女头像；他们喜欢脸谱化的角色设计和模式化的情节走向；他们喜欢"接受"，百分百地接受，像一张张等待印戳的白纸。他们会背得"卑鄙是卑鄙者的通行证，高尚是高尚者的墓志铭"，他们喜欢这种简单明确的格言，但始终欣赏不来"人群中这些面孔幽灵一般显现，湿漉漉的黑色枝条上的许多花瓣"（庞德《地铁》）。

智力较高的人却不会这样，他们从来不是"被动地接受"，而是"游戏一般地接受"。若是看一幅画，他们会让自己的想象和画面做一次次友好的博弈，所以他们喜欢的画面总会有丰富的可供想象的细节，而不耐烦那些具体、明确的画面——那也许很美，但也很乏味。

井上靖就是他们中的一个。在奈良东大寺的三月堂里，他知道学者们考证过这里最夺目的日光菩萨和月光菩萨并不是一开始就安置于此的，而是从别的地方搬移过来的，于是一谈到这个问题，他总是不免展开想象："既然是搬迁，就得有人思考方案、具体实施。不知道这个人是年轻的僧侣，还是年老的僧侣，是名人，还是无名之徒。他肯定亲眼看到日光、月光菩萨被安放在巨大的主佛两侧的过程，而且当天也会有众多僧侣举行法会。不知道是将两尊菩萨安放在大殿里的时候，还是举行法会的时候，或者过几天以后，总之，他在某个瞬间突然发现大殿内完全变了样，不禁大吃一惊。日光、月光菩萨仿佛从遥远的古代就一直安放在这里，从永恒的过去就在这里祈祷。当他仰望主佛时，身不由己地俯身跪拜。因为主佛的身躯整整大了一圈，而且合掌的双手充满着从未有过的巨大力量。"

井上靖从已然安放得当的三尊菩萨里想象出了日光、月光两尊菩萨尚未安放时的场景，想象出了这两尊菩萨的出现对原来的主佛到底增加了什么，想象出了在日光、月光菩萨的陪衬下，主佛显得更大，也更庄严。他从有想到了无，从无想到了有，他仅仅从三尊佛像和一则小小的考据便已经在顷刻间勾勒出了一篇小说和一篇艺术评论的大纲。在阅读这三尊佛像的过程里，他和它们一起创造了一个宏大的想象世界。

普希金也是他们中的一个，他翻到了夹在书页里的一朵小花，早已干枯的小花，他好奇这朵小花是在哪个春天开放的，又是被谁摘了下来夹在书里，是熟人还是陌生人，是为了纪念温柔的相会，还是留作永别的珍情，抑或只是在一次孤独漫步中的偶然采撷，这采撷的人用这小花来赠送或纪念的人又是谁呢，"是他还是她，还在世吗，哪一个角落才是他们的家，或者他们早已枯萎，一如这朵不知名的小花"……

普希金肯定并不需要知道这朵小花的拉丁名，不需要拿到一份相关档案，也不需要到远远近近的树林里去做什么探幽访古的调查，他只是在一轮朦胧的色泽里驰骋想象罢了，而想象力最不喜欢的东西就是拘束。

2.

很少有人只喜欢绘画和文字里的山水而不介意是否走过真山真水，所以总是喜欢旅游的人多，喜欢读书的人少。

中国历史上有个"卧游"的故事，见于《南史·宗少文传》，是说宗少文性喜山水，爱好远游，后来因病回到江陵，叹息说："我如今既老且病，天下名山恐怕无法尽数游历了，只好在家中澄净心胸，观赏游历的路途，躺在床上来做神游吧。"于是，宗少文把自己所游历过的地方都画成图画挂在屋里，说道："我抚琴弹奏，要使群山都发出回声。"

宗少文的卧游是不得已而求其次的，其实若从艺术来说，卧游反而是最高的境界。

庄子讲过一番"胞有重阆，心有天游"的道理，大意是说，视觉通畅就是明，听觉通畅就是聪，嗅觉通畅就是颤，味觉通畅就是甘，心灵通畅就是智，智慧通畅就是德。道不喜欢被壅塞，壅塞便会梗阻不通，长此以往就会产生种种弊害。有知觉的生物都要呼吸，呼吸不通畅不是上天的罪过。大自然的气息日夜不停地贯通人的孔窍，是人自己把孔窍阻塞住了。人身体的胞膜存有空隙，人的心灵有天然之游。试想居住的房间如果太过逼仄，家人之间就很容易闹出矛盾；心灵如果没有天然之游，六窍就会扰攘壅塞。

所谓"心有天游"，不是要人靠腿脚和车马去旅游。所以清代初年的《庄子》注释家宣颖对这段文字相当激赏，说一个人只要心有天游，那么方寸之内就会逍遥无际，没必要真去名山大川旅游一趟。那些见到开阔的自然风景而觉得心情疏朗的人，都是因为平日里心胸逼仄的缘故，像谢灵运那样寄情山水的所谓名士，在《庄子》这番话面前真该感到惭愧。

"生活在别处"，法国诗人兰波创造了这个梦想式的诗句，一些追求"别处"的年轻人曾经把这一诗句耀眼地涂在了巴黎大学的墙壁上，然后，校内几名行为艺术的先驱者打破了这面墙，随即便受到了校方那些"浪漫的法国人"照章办事的严厉处分。这个富于戏剧性的场面对于我们来说显得过于遥远了，但是，难道我们不也和兰波以及巴黎大学的那些学生一样期待着那个真正生活之所在的"别处"吗？

然而在庄子和宣颖看来，你自己的内心就已经囊括了所有的"别处"。

"心有天游"和实际旅游的区别，我觉得有点像是读《红楼梦》的文字和看《红楼梦》的剧集。前者必须借助读者想象力的参与，并且当你读得或松或紧、或回顾或沉思的时候，你其实都是在参与创作，创作一部纸面之外的虚拟的史诗；但是剧集会把观众的想象力制约到最低限度，它必须按照自己的时间一分一秒地走完，它是一部"已经完成"的作品，当你的想象力再无用武之地的时候，你会不会感到兴味索然呢？

所以，我想用一个粗浅的比喻来说明法国符号学家罗兰·巴特的一对经典概念，即"可读的作品"与"可写的作品"：影视作品就属于"可读的作品"，你要么接受，要么拒绝，作品留给你的空间就只有这么狭窄；高明的文本则是"可写的作品"，就像一款复杂的电子游戏，作为读者的你必须亲身参与其中，在互动的过程中感受异乎寻常的乐趣。而你越是有精妙的战术头脑和敏捷的操作技巧，你获得的乐趣也就越大。

想起以前总有一些文章说，一个人若是长期而单一地接受影视媒介，智力会被降低。以前总觉得这是危言耸听——同样是接收信息，通过电影、电视或书本能有什么不同呢，不过是不同的媒介而已，现在却真的体会出其中的道理了。

就是在这个时候，我才真正想通了美学家瓦尔特·佩特的那个经典命题："一切艺术形式都将归向音乐。"

3.

从小到大，有很多书籍都曾经让我哭，让我笑，让我思考，但耳目一新的欣喜从来不多，而爱德华·汉斯立克的《论音乐的美》却是其中之一。

汉斯立克是19世纪的奥地利人，搞音乐，也搞美学，他说音乐的美仅仅在于声音的组合和运度，既不模仿也不表现外部世界的任何东西。他不喜欢浪漫主义时代的标题音乐，他说纯粹的音乐是不可能有任何标题的，它们不是月光，不是海洋，不是某一对恋人在某一个花前月下的喁喁私语，也不是英雄，不是革命，不是对理想国的璀璨颂歌。当俞伯牙抚弄琴弦的时候，钟子期既听不出巍巍乎高山，也听不出洋洋乎流水；在贝多芬的钢琴上，当然也没有什么"命运在敲门"，那只是不懂音乐的人对音乐的美丽误会罢了。

汉斯立克说音乐是纯粹的，他称之为"绝对音乐"。

只有纯粹的音乐才能最大限度地激发听者的心，呼唤听者以旺盛的生命力和想象力在一个虚拟而自足的世界里与乐师共舞。这是一切艺术形式的内核，诗歌又何尝不是如此呢？所以，诗歌所谓的深度根本不是什么"思想深度"，而是艺术的深度，一首清新简洁的静物素描可能比一首忧国忧民的慷慨悲歌更有深度。

在我个人的体验里，某次和朋友吃饭时听到餐厅里的一首背景音乐，虽然那歌声旋律简单、节奏明确，歌词是我听不懂的语言，但我清晰地感觉到，这歌声的背后必定有一个宏大的故事。结果确实是这样的，那是法国音乐剧《巴黎圣母院》的第一支歌。

艺术深度会使歌曲耐听，也会使诗歌耐读，但诗人们似乎直到19世纪才明白了这个道理，所以才有了意象派，有了埃兹拉·庞德、艾米·洛威尔、理查德·奥尔丁顿、威廉·卡洛斯·威廉斯……

但这样的诗歌对读者的要求太高了，尤其是在影视的时代，所以注定只是少数人的游戏。在中国朦胧诗兴起的时候，顾城可能是学习意象派学得最好的一个。但是，今天还有人记得他那首《弧线》吗：

> 鸟儿在疾风中
> 迅速转向
>
> 少年去捡拾
> 一枚分币
>
> 葡萄藤因幻想
> 而延伸的触丝
>
> 海浪因退缩
> 而耸起的背脊

人们只记得"黑夜给了我黑色的眼睛，我却用它寻找光明"。甚至对于那个时代，也只记得北岛的《回答》、舒婷的《致橡树》和海子的《面朝大海，春暖花开》。

4.

任何先锋艺术在初生之际总是饱受质疑的，如果没有大师级的人物以旺盛的精力来确定它的地位，很可能就会被人们仓促地埋在时间的泥土里，等待未来考古学家的发掘或者干脆泯灭无迹。如果没有埃兹拉·庞德和艾米·洛威尔，尤其是后者，意象派也许未经成长就已然夭折了。

艾米·洛威尔出身于美国马萨诸塞州一个古老的英格兰世家，在这个名门望族里，还出过詹姆斯·洛威尔和罗伯特·洛威尔两位诗坛大家。艾米对书本有一种异乎寻常的狂热，喜欢在遥远的古典世界里建筑自己的想象王国，她熟知维多利亚时代的一切贵族礼仪，她喜欢想象在某个穿着鲸鱼骨支撑的优雅长裙的身体里爱与被爱。她用诗歌记录自己的幻想，以及幻想中的一切欢愉与悲哀。

这就是她的叙事诗《模式》（*Patterns*），写一个维多利亚时代的贵族女子在那个社会的特有"模式"里恋爱并永失所爱的故事。她写她收到未婚夫阵亡的消息，写她想到时间不知还会怎样继续，当海葱和水仙花凋谢之后，玫瑰和雏菊就要开了，然后会下雨，会刮风，会下雪，会老去，她还会穿着被鲸鱼骨支撑起来的优雅、挺拔而僵硬的长裙继续在那个曾经恋爱过的花园小径上走来走去。时间会因为期盼而无比美丽，也会因为失去期盼而冰冷难挨。

艾米的小诗写得更好，她喜欢中国的绝句和日本的俳句，在短促的声音和极简的意象里让你想象她的无尽，正如高山顶上的一声长啸并不如牵牛花下一个低垂的眼神更加有力。她的《出租车》就是这样的诗：

> 当我离开了你
> 世界的心跳停了
> 一如朽坏的鼓。
> 我迎着尖利的星星喊你
> 喊你，迎着如浪尖的风。

街道狂奔而来，

一条接着一条，

把你从我身边推远。

城市的灯光刺痛我的眼睛，

使我再看不到你的脸。

为什么我非得离开你，

在夜的利刃上劈伤自己？

The Taxi

by Amy Lowell

When I go away from you

The world beats dead

Like a slackened drum.

I call out for you against the jutted stars

And shout into the ridges of the wind.

Streets coming fast,

One after the other,

Wedge you away from me,

And the lamps of the city prick my eyes

So that I can no longer see your face.

Why should I leave you,

To wound myself upon the sharp edges of the night?

这是现代大都市的离别，灞桥早已经没有了可供攀折的柳树，不疾不徐的斜阳底下也早已经没有了五里一短亭、十里一长亭，一切都尖利起来。无论是被出租车飞速挤压起来的夜晚的空气，还是倒退的灯和倒退的星星，我不是静静地转身走开，不是在达达的马蹄声里幽幽地离开，不是跳上乌篷船去回望岸上的你，时速 60 公里的出租车不给我们留下任何落泪的时间，都市使离别变得飞快，且没有任何缓冲。

艾米还有异常沉静的小诗，比如《落雪》：

> 雪在我耳边低语，
> 我的木屐
> 在背后的雪地上留下印迹。
> 但不会有人沿着这条路
> 追寻我的脚步，
> 当寺院的钟声再次鸣响，
> 这些印迹将会掩藏无踪。

Falling Snow

by Amy Lowell

The snow whispers about me,

And my wooden clogs

Leave holes behind me in the snow.

But no one will pass this way

Seeking my footsteps,

And when the temple bell ring again

They will be covered and gone.

艾米还有极短小的诗,《秋雾》,像庞德的《地铁》那样只有两行:

是一只蜻蜓还是一片枫叶

轻轻地落在水面?

Autumn Haze

by Amy Lowell

Is it a dragonfly or a maple leaf

That settles softly down upon the water?

还有一首小诗叫作《中年》:

像黑色的冰,

被一名笨拙的滑冰者

刻上了混乱的划痕

这就是我的心被磨钝了表面。

Middle Age

by Amy Lowell

Like black ice

Scrolled over with unintelligible patterns

by an ignorant skater

Is the dulled surface of my heart.

其实艾米的中年在任何人看来都是光彩照人的，那时候她刚刚出版了自己的第一本诗集《彩色玻璃的大厦》，然后远赴伦敦拜访意象派大师埃兹拉·庞德。她以自己的诗作震惊了整个伦敦的意象派圈子，他们都还年轻，只有她已经人到中年。

她却比所有的年轻诗人都要精力旺盛，她组织各种活动，宣传意象派的诗歌理念，很快便成为继庞德之后的意象派领袖人物。但她已渐苍老的心，不为人知地刻满笨拙的划痕，谁知道她的锋芒只是磨钝时的擦伤。

5.

读艾米·洛威尔的诗，会想象她是怎样的一个女人呢？温柔，敏感，细细弱弱，会被一抹秋色惊醒，为一朵雪花着迷？你若见到她，恐怕会大吃一惊。

当艾米以卓尔不群的女诗人身份走进伦敦意象派的圈子时，人们看到的是一个堪称罕见的胖子。她穿着男装，抽雪茄烟，目光凌厉，颇有几分咄咄逼人的架势。庞德在书信里戏谑地称她为"体重300磅的魔术师"，她的笔是她表演魔术的唯一道具，她用它在所有读者的想象里颠倒众生，但一个个真诚地热爱她的诗歌的真诚的求爱者，在不远千里和她相见之后，纷纷做了诗歌的叛徒。

那是一个男权至上的世界，人们对女诗人的迷恋远甚于对这个女诗人所创作的诗歌。这难道不是悲剧吗？但这样的悲剧，从来无法感动任何人。

我想起一位朋友和多年前的一个夜晚。那夜的空气闷得像一堵不透风的墙，将人围得严严实实，无法喘息。她抓住我的手臂，喃喃自语："他们怎么能这样说？说我不美，所以他不爱我也是应该的。"

她对待爱情的态度，即使是事隔多年的今天想起来，仍令人扼腕。我眼见着她为了取悦对方，如同戏子一般生活，有时浮夸，有时蹑手蹑脚，有时演一出惟妙惟肖的不屑一顾，而更多的时候，则是万夫莫敌、义无反顾。当我问起他是一个怎样的人，她近乎夸耀：他是一个风度翩翩、慈悲为怀的男人。

但对方始终待她不冷不热，不得要领的她决定放手一搏，准备在对方的生日晚会上当众表白。为了那次表白，她连呼吸都反复练习。

晚会当天，她带着999朵玫瑰闪亮登场，一句"我爱你"之后，哭得说不出话。当事人的拒绝在意料之中，但好事之徒的奚落，令她难堪至极。

平庸的长相竟累及爱情，人人嘲笑她十年如一日的坚忍与执着。旁观者毫不掩饰咬牙切齿的鄙夷：剑眉星目的他，须得倾国倾城来配，她空有一腔赤诚，哪里够格得到他？朱丽叶若是丑女，莎翁也懒得动笔写成传奇。仁慈如雨果，给钟楼怪人安排的结局，也只是抱着心上人的残骸，化作了尘埃。如果姿容平平，人们便认为那皮囊里的灵魂也该是皮糙肉厚，得不到爱情也是天经地义，顶多容忍你静静退出，如果哭闹，那就是十恶不赦。奇怪，人心怎能那么残忍？

我将泪眼婆娑的她从会场带走，同时带走的，还有 999 朵玫瑰。一朵都不给那个男人留下，他不配。

那晚之后，我们几乎断了联系。她如流星般划过我的生活，然后沉入人海，消失不见。而我时常想起她来：洛威尔的诗歌已成永恒，但谁来纪念朋友那面目不清的爱情？那个风度翩翩、慈悲为怀的男人，想起这段往事，也许只会撇撇嘴，说一句"自不量力"。

安德鲁·马维尔

（Andrew Marvell, 1621 — 1678）

/

/

/

英国玄学派诗人，他既继承了伊丽莎白时代的浪漫主义传统，又开启了18世纪的"理性时代"。对于伊丽莎白时代的拥趸而言，马维尔是背叛者，背叛的不是他们，而是维纳斯——他竟将逻辑引入爱情，理性分析心与心之间的关系，这种做法几乎等同于将恋人们做成切片放进显微镜。对于玄学派的其他诗人而言，马维尔是守墓人，尽管他同他们一样——以思辨而非抒情见长，追求云谲波诡的比喻和意象——但又抱持着过时的浪漫，古老的玫瑰花和誓言并未被他彻底清算。而对于马维尔来说，玄学派才是守墓人，过分雕琢的诗歌形式埋葬了心跳的声音，鲜活的爱情被丢进福尔马林；浪漫主义传统诗人才是背叛者，满纸不是呼天抢地便是恋人的脸庞、胸脯与皮肤，爱情不该沦为荷尔蒙发作。

09 植物的爱情与
诗歌的理趣

> 我那植物的爱情缓慢滋长，
>
> 超出了所有伟大帝国的辉煌版图。
>
> ——安德鲁·马维尔《致他娇羞的女友》

1.

诗人最怕的是什么？在某次咖啡时间，不知是谁在穷极无聊中挑起了这个话题。历史上的标准答案是：诗人最怕富足和顺适，因为诗歌总是"穷而后工"。但是我说，对于诗人本人，最怕的事情莫过于遇到学者。

我记得李秋零教授的一次讲座，他是国内研究康德哲学的权威，讲起话来也很有权威的架势。当时我对康德哲学只听得似懂非懂，正在昏昏欲睡之际，忽然在那些闻所未闻的外国人名中听到了一个熟悉的名字：海涅。凡是和文学有关的话题，我总会兴趣浓些，但没想到，李教授接下来讲的是海涅如何肤浅地误解了康德哲学，而海涅的这些谬论因其言之有文，所以行之益远，简直变成所有外行人对康德哲学的标准理解了。李教授用一种近乎咬牙切齿的声音说："诗人嘛，你就关起门来好好写你的诗，不要对其他领域发表意见，免得丢人现眼。"

不知道为什么，当时我的脸霎地红了，好像自己就是那位可怜的海涅，正在大庭广众之下毫无还手之力地遭受无情的羞辱。我向来都有点缺乏自信，自此之后就越发不敢随便发表什么意见了。后来我选修了心理学，又知道了人总是对自己评价过高，对别人评价过低，而这种心理误区其实是一种生存优势，所以那些厚颜无耻、夜郎自大的人总会比那些颇具自知之明的人活得更好，那些最善于生活的人总是最有自欺欺人的天赋。

心理学教授讥讽说诗人多会表现出这种典型特征，他们总是有一种天不怕、地不怕的劲头；假如你和一位诗人聊天，恰巧你又对他谈及的所有话题一无所知的话，你一定会惊叹于他的才高八斗、学富五车——我不是很信服这样的话，但不得不承认这确实说中了某些人。无论如何，当诗人遭遇学者，总不会是什么愉快的经历。

2.

很久以来我都有这样一种感觉，诗人总是很清楚自己要表达什么，而有些诗句之所以令我百思不得其解，仅仅是因为我的理解能力或思想深度还有欠缺。

尤其是当代诗人的诗句，诸如"蜥蜴的梦""色盲的波涛"，我想不通蜥蜴会做怎样的梦，更想不通诗人是怎么知道蜥蜴到底做了什么梦。直到机缘巧合，我在一次聚会上遇到了这样一位诗人，这才晓得原来诗人自己也常常不明白自己到底写了什么。

诗人解释说，这是一种意象派的手法，兼有意识流的写作技巧，总之就是随着兴之所至，把头脑中梦幻般出现的光怪陆离的场面记录在案，用文字来构筑视觉的奇异图像，诗句不表达任何具体的、实在的内容，而是直指人心，呼唤读者灵犀一点的心灵契合。这样的诗，不能用眼睛来读，必须用灵魂来读。

如果不是因为我读过意象派和意识流文学的所有重要作品，恐怕当即就会因崇拜而萌生爱意了，但他那极富感染力与魅惑性的语言表达能力还是令我钦佩不已。他迅速地吸引了所有人的关注，然后以渊博的姿态汪洋纵恣地铺陈自己的理论。他说"蜥蜴的梦""色盲的波涛"这类修辞是学自西方的诗歌传统，只要你们多去读一读西方大诗人的诗集，对这样的修辞方式不但不会觉得古怪，反而会感到熟悉和亲切。打动人的不是有所言说的语词，而是无所言说的意象，是"道"，是逻各斯。你们没有读过安德鲁·马维尔的诗吗，他那首大名鼎鼎的《致他娇羞的女友》，我最喜欢其中的一句"我那植物的爱情缓慢滋长，超出了所有伟大帝国的辉煌版图"。到底什么才是"植物的爱情"，不，什么都不是，它没有任何意思，谁也不知道它究竟是什么意思，但这个无情无理的搭配造成了一种荡气回肠的力量，一种令人落泪的力量……

这个时候，角落里飘来了一个嗫嚅却很刺耳的声音："可是，我知道'植物的爱情'是什么意思。"

迎着众人诧异的目光，我那哲学系的师兄不免面露尴尬。我至今还记得当时他的喉结是如何小心翼翼地动了两下，终于还是不谙世事地说出了自己想说的话。此情此景，我相信那个诗人一定比我记得更清晰。

3.

很多误会就是这样造成的，西方诗歌里那些"十分有理"的诗句被不谙西方文化的中国诗人"十分无理"地接受下来，这才出现了那么多匪夷所思的修辞。我想，做比较文学的人应该多选取一些这样的论题，而不要总是做些东西方文学作品的简单类比。

安德鲁·马维尔是英国 17 世纪的玄学诗人，他的诗歌犹如幻境，充满了奇思妙想。"植物的爱情"就是典型的马维尔式的修辞，这在西方读者看来虽然也显得有几分怪诞，却怪诞得合情合理。因为在西方的观念里，植物是有灵魂的，有灵魂的东西为什么就不可以有爱情呢？

基督教经院哲学把灵魂从低级到高级分为三种，生长性的或植物性的（vegetative）灵魂为一切生物所共有，感性的（sensitive）灵魂为动物和人类所共有，理性的（rational）灵魂为人类所独有。这种灵魂观念来自亚里士多德的哲学，不仅和中国人的灵魂观念大异其趣，也和中国人所一般理解的西方灵魂观念大异其趣。

基督教正统神学的灵魂观念主要来自亚里士多德的学说，而不是希伯来传统的《旧约》。尽管如此，希伯来人和亚里士多德都认为灵魂和肉体是不可分离的。那么所谓一个人升入天堂或者死后复活，指的都是肉身复活。用今天的比喻，肉身就像硬件，灵魂就像软件，硬件若没有软件就无法工作，软件若没有硬件作为载体也无法独立存在。然而在基督教统治西方之后，灵魂被某些沿袭了古希腊毕达哥拉斯传统的神学家分离出了肉身。直到今天，稍早一些的《圣经》英译本仍然讲着上帝如何把灵魂注入亚当的体内，遑论那些从英译本译出的中译本了。

西方的"灵魂"不仅不等于中国的"灵魂"，甚至不等于中国的"心灵"。

比如有这样两句话："我用全部灵魂爱你"和"我用全部心灵爱你"，在我们看来应该是同样的意思，但在西方传统里，"心灵"是高于"灵魂"的。灵魂是所有生物体共有的，而心灵只是理性灵魂中的一小部分，是比灵魂更为高级的东西，它只起到思辨的作用，而不思考任何实际的东西——更加令人不快的是，它绝对不会追求任何事物，包括爱情。再者，无论为了爱情还是别的什么，一颗心永远都不会破碎，因为心灵是不朽不坏的——直到安德鲁·马维尔的 17 世纪，这仍然是任何一位有教养的英国绅士的常识。

其实在亚里士多德原本的学说里边，灵魂还不止三种——恐怕有不少读者已经失去耐心了，但即便最大限度地简而言之，接下来还是免不了一些更趋复杂的内容。这真是一个很好的小例子，可以从中看出跨文化的理解究竟会遇到多大的障碍。

4.

迈克·桑德尔是这两年最热门的人物之一，有谁没有看过他的网络公开课《公正：怎样做才对》呢？在讲座里令人印象深刻的是，这位"最受欢迎的哈佛教授"以深入浅出的方式，用小熊维尼的故事解说了亚里士多德的目的论：小熊维尼坐在树下自言自语，头顶上之所以会有嗡嗡声，一定是有原因的。据我所知，发出这种声音的唯一理由就是那里有一只蜜蜂；据我所知，之所以会有蜜蜂，唯一的理由就是它们要酿蜜；然后小熊就向树上爬去，边爬边说，据我所知，酿蜜的唯一理由就是我可以吃掉它。桑德尔教授郑重其事地总结说，这就是目的论推理的一个例子。

看来真要做到深入浅出实在并不那么容易，桑德尔教授的这番讲解虽然赢得了满堂喝彩，却完全没有抓到目的论的本质。他即便不是错的，至少也是很不准确或带有误导性的。简单来说，一粒种子就是一株"潜在的"植物，因此，"成长为那株成熟的植物"就是这一粒种子的"目的"，并且是它必然的目的，正如橡树的种子只能长成橡树，玫瑰的种子只能长成玫瑰一样。这样一种"潜力"，在希腊语里是 dunamis，它是英语 dynamics（动力学）的词源，而不是对应着 potential。所以，这样的"潜力"真的是一种"动力"。

那么，究竟是什么在催动着这粒种子追寻自己的目的呢？就是这粒种子的"灵魂"，植物的灵魂。

植物的灵魂引导着植物自我滋养并繁殖后代，具体来说，这是植物的营养灵魂和繁殖灵魂在起作用，但植物没有运动灵魂，所以没办法像动物和人类那样行走跳跃，主动地从一个地方移动到另一个地方。

现在我们才可以勉强地解释一下"植物的爱情"究竟意味着什么了，它意味着静止、缓慢、自我滋养、自我繁育，意味着它是遥远将来的一份终极爱情的种子，在灵魂的唆使下，在目的（如果用亚里士多德的术语，应该叫作"目的因"）的引诱下，注定要不屈不挠、风雨无阻地生长为那棵完满的爱情之树。如果这"植物的爱情"的滋长竟然"超出了所有伟大帝国的辉煌版图"，那么诗人所要展现给我们的就是一个多么浩瀚的时间卷轴。是的，安德鲁·马维尔所要极力铺陈的，就是亘古的时间。

5.

　　任何一部英国诗歌选本都不会漏选安德鲁·马维尔的《致她娇羞的女友》，这是英国玄学派诗歌的巅峰之作。玄学派是 17 世纪的先锋派，强调语言的智巧，刻意营造一些染有魔幻色彩的意境。

　　钱钟书先生在《谈艺录》里讨论中国律诗的对仗，说对仗的意义就在于把语言配成眷属，"愈能使不类为类，愈见诗人心手之妙"。这与玄学派的诗歌恰恰有异曲同工之妙，玄学诗人最讲究"使不类为类"，好像把鲜花比喻为美女完全显不出智巧，非要把恒河的沙粒、猫头鹰的羽毛和美女配作"语言的眷属"才肯甘心。

　　所以，热衷于玄学派的人也许有点虚情假意，或者有点小小的卖弄，但有一点是共同的：他们是历史上智商最高的一批诗人。他们从来不会像初恋的少年那样用激情和心灵写作，他们只会狡黠地用头脑写作。如果你从来都偏爱聪明的人，从来都对那些节奏缓慢、剧情愚蠢的言情戏缺乏耐心，并且无法忍受任何辞藻华丽而逻辑混乱的情书，那么你一定很容易就被玄学派的诗歌打动，像这首《致他娇羞的女友》：

> 假如我们有足够的世界和足够的时间，
> 女士啊，你这样的娇羞便算不得罪您。
> 我们可以坐下来，想想该在哪条路上
> 消磨我们漫长的爱恋。
> 你可以在恒河的岸上寻觅宝石，
> 我可以在亨伯河边幽幽哀叹；
> 我可以在灭绝世界的洪水来临之前

爱上你，你可以拒绝，或者接受，

就在末日审判的当天。

我那植物的爱情缓慢滋长，

超出了所有伟大帝国的辉煌版图。

让我用一百年赞美你的眼，凝视你的眉，

用二百年崇拜你的胸，用三万年的时间慢慢爱遍你身上的每

一寸肌肤。

偏偏把你的心留待最后触摸，

只有这样的排场才不致把你辱没。

但我总是听到，背后隆隆逼近的时间的战车，

而我们面前，却只有一片无边的苍凉的大漠。

在那里，你的美已经荒芜难寻，

你那汉白玉的寝宫里再不会回荡我的歌声；

却是蛆虫染指你苦心捍卫的贞洁，

化作尘土的，是你那无谓的荣名。

那时我的情欲也尽化成灰了，

坟墓虽然幽隐自在，

但我想，没有人会在那里相爱。

所以啊，趁青春还在，

趁你的肌肤正如清晨的雨露，

趁你的灵魂还能飞升起舞，

何不放任我们胸中的火焰，

何不放任我们像一对热烈的猛禽那样彼此奉献。

宁可如烟花绽放一瞬，

胜过在缓慢的时间中缓慢凋萎。

用我们全副的气力和全副的爱意

冲破铁门，释放自己；

虽然我们没办法停住时间，

却可以让时间为我们飞转。

To His Coy Mistress

by Andrew Marvell

Had we but world enough, and time,

This coyness, lady, were no crime.

We would sit down and think which way

To walk, and pass our long love's day;

Thou by the Indian Ganges' side

Shouldst rubies find; I by the tide

Of Humber would complain. I would

Love you ten years before the Flood;

And you should, if you please, refuse

Till the conversion of the Jews.

My vegetable love should grow

Vaster than empires, and more slow.

An hundred years should go to praise

Thine eyes, and on thy forehead gaze;

Two hundred to adore each breast,

But thirty thousand to the rest;

An age at least to every part,

And the last age should show your heart.

For, lady, you deserve this state,

Nor would I love at lower rate.

But at my back I always hear

Time's winged chariot hurrying near;

And yonder all before us lie

Deserts of vast eternity.

Thy beauty shall no more be found,

Nor, in thy marble vault, shall sound

My echoing song; then worms shall try

That long preserved virginity,

And your quaint honor turn to dust,

And into ashes all my lust.

The grave's a fine and private place,

But none I think do there embrace.

Now therefore, while the youthful hue

Sits on thy skin like morning dew,

And while thy willing soul transpires

At every pore with instant fires,

Now let us sport us while we may;

And now, like amorous birds of prey,

Rather at once our time devour,

Than languish in his slow-chapped power.

Let us roll all our strength, and all

Our sweetness, up into one ball;

And tear our pleasures with rough strife

Thorough the iron gates of life.

Thus, though we cannot make our sun

Stand still, yet we will make him run.

　　想起电影《死亡诗社》(*Dead Poets Society*)里学生们的一句口头禅吗？carpe diem，拉丁语，及时行乐，Seize the day，Gather ye rosebuds while ye may，文学的一大悠久主题。《致他娇羞的女友》，典型的 carpe diem，烧尽一个人的所有理智。

　　若是只从立意来看，这实在是一首格调低下、用心险恶的诗。无论这声音做了多好的伪装，夹杂有老教授的博学和青年冒险家的智巧，以及最大胆的花花公子的夸张到无以复加的甜言蜜语，归根结底，无非是要骗取少女头上的一卷金发罢了。花开堪折直须折，莫待无花空折枝，这到底算什么呢？当女人痴痴地期待着永恒，男人却只贪恋片刻火花。

　　安德鲁·马维尔毕竟是了不起的，要把无耻的蛊惑包装得如此华美，甚至在文学史上都占据了不可动摇的一席之地，还有几个人能够做到呢？人类的诗艺，就像雄孔雀开屏的羽毛，因为眩惑，所以精彩。

[诗艺小札]

抑扬格（iamb）和扬抑格（trochee）

抑扬格（iamb）是双音节音步最常用的一种格律，比如 below 这个词，读起来先有轻音（be），后有重音（low），这一轻一重就构成了一个抑扬格的音步。假如一句诗是 below below below below，这就是所谓抑扬格四音步；再加一个 below 的话，就是抑扬格五音步。

扬抑格（trochee）与之相反，是先重后轻，比如 sudden 这个词，两个音节，重音在前，读起来先重后轻。假如一句诗是 sudden sudden sudden sudden，这就是所谓扬抑格四音步；再加一个 sudden 的话，就是扬抑格五音步。

举一个实例，爱伦·坡的名篇《乌鸦》（*The Raven*）是扬抑格八音步，每行中间都有一顿，所以也不妨说一个诗行是由两组扬抑格四音步构成的。以下是《乌鸦》的第一个诗节：

Once upon a midnight dreary, while I pondered, weak and weary,

Over many a quaint and curious volume of forgotten lore-

While I nodded, nearly napping, suddenly there came a tapping,

As of some one gently rapping, rapping at my chamber door-

Tis some visitor, I muttered, tapping at my chamber door-

Only this and nothing more.

　　还有一个例子，就是我们在初中课本上都学过的高尔基的《海燕》。《海燕》完全是抒情散文的样子，所以有些老师说这是散文，另一些老师说这是散文诗。其实在俄文的原文里，《海燕》是标准的四音步扬抑格的格律诗，只是中译本既打散了格律，又连排了诗行，所以才一直被当作散文或散文诗了。

[诗艺小札]

奔放的诗与含蓄的诗

读惯了唐诗宋词，初读西方的古典诗歌会很不习惯，我自己就在很长时间里无法习惯那种奔放的情感和华丽的铺陈，这与中国重含蓄的诗歌传统是完全背道而驰的。诸如莎士比亚那些成名的十四行诗，我从来没读出那里边有任何深沉的爱情，而只觉得那是欲望在不加掩饰地呼号罢了。

书上总是把这种现象归结为民族性格的差异，但我越来越无法接受这种解释。

依我自己来看，全人类在对典雅和粗俗的辨别原则上是一般无二的。举例来说，一个人在公共场合讲话的音量以及音调的起伏程度总是和这个人的文化素质、身份地位成反比的；表现在诗歌上，则文化素质愈高，表达便愈内敛、愈平实。

中国自明代以前，文教水平遥遥领先于西方，诗歌是知识分子的通用语言，古代西方却长期处于文教低迷的状态，教士阶层以拉丁语垄断知识，而自国王、贵族以至骑士，大半都是文盲。如果我们读着那些故事里的王子和公主的美丽爱情，突然想到这一对可爱的人儿很可能并不比乡下的农民夫妻更通文墨，这感觉还是有点古怪的。他们念诵的诗句，不可能是"一春梦雨常飘瓦，尽日灵风不满旗"。转入含蓄蕴藉的风格，还是要等到浪漫主义之后了；而在那些"质胜于文"的时代里，也不时可以读出另一种味道，有如我们的《诗经》和汉魏乐府。

　　无论如何，西方的近现代诗歌对于我们，接受起来要比西方古典诗歌亲切多了。

卡西莫多

（Salvatore Quasimodo，1901 — 1968）

/

/

/

意大利诗人，隐逸派诗歌的重要代表。卡西莫多一生创作量极大，而他最动人的那些诗歌，多写于二战以后。当全世界都攻击和指责意大利，他并不强词夺理地为意大利在二战中的暴行掩饰、辩护。他只是在他的诗里，一遍又一遍地喃喃自语，说起家乡的橘花与夹竹桃；说起意大利蔚蓝的河流之上，没有尽头的帆和桅杆；说起背街的巷子里，回荡着晚风、煎鱼的香气与手风琴声；说起隔壁那对恋人，每天都要争吵，每次争吵都很认真……他并不指望谁来原谅，或是理解，卡西莫多的意大利。其实，意大利何须发动战争来为自己增加什么？对于意大利来说，身在卡西莫多的诗中，才是它有史以来最美丽的时刻。

10 被阳光刺穿的夜晚

> 人孤独地站在大地的心上
>
> 被一束阳光刺穿：
>
> 转瞬即是夜晚。
>
> ——卡西莫多《转瞬即是夜晚》

1.

卡西莫多，仿佛钟楼怪人的名字，是 20 世纪意大利最伟大的诗人，1959 年诺贝尔文学奖得主。

卡西莫多出生在西西里的一个小镇，因为父亲在铁路公司工作，他从小便随着家庭在铁路线路的拓展中不断搬迁。刚刚熟悉并喜爱上的生活环境转眼便沦为回忆，对于一个孩子来说，这绝对算不上什么好事。他没有固定的朋友，没有固定的玩伴，朦胧中喜欢上的小女生很快都会变成明信片上干巴巴的名字。幸好姑母教给他诗歌，他才有了终生的玩具和忠贞的伙伴。

卡西莫多的故事是父亲讲给我听的。父亲并不知道太多的外国诗人，但卡西莫多是个"反法西斯主义战士""伟大的爱国主义诗人"，所以父亲在年轻时才有机会读过他的一点什么。

父亲说卡西莫多一生坎坷，从小便居无定所，好不容易上了大学，又因为贫困而中断了学业，不得不四处流浪，靠打零工为生。但他一直在写诗，因为他总要维系住生活中唯一固定不变的东西，那是他唯一的依靠，只要不是自己放弃，便没人能够夺得走它。他做过搬运工、服务生、描图员、小店铺的会计，似乎一切位列社会底层的职业他都做过，直到他后来向文学刊物投稿，终于做了一个小有名气的诗人。

他甚至被一所大学聘作文学教授，他自学了外语，翻译荷马史诗、古希腊的悲剧和莎士比亚、莫里哀的戏剧。他开始进行反法西斯主义的活动，这对他来说可太不容易，因为他的祖国正是法西斯主义的故乡，而他的政府、他的社会的主流舆论，当时全都站在法西斯的一边，站在势单力孤的卡西莫多的对立面上。

然后，"二战"结束了，卡西莫多成了战败国中的胜利者，他还在写诗，维护这个忽然间遭到千夫所指的祖国。然后，他获得了诺贝尔文学奖，他生了重病，他写诗，在病床上沉疴不起，写诗，直到死去。

2.

卡西莫多的一生可以讲得很长很长，因为其中有太多的故事，有太多的坎坷、传奇、荣誉和磨难。父亲说，其实所有人的一生都不够长，也都不够复杂，若是写成诗歌，只有三句就足够了。对卡西莫多是三句，对你我也是这三句。这是卡西莫多说的，就写在他的一首只有三行的小诗《转瞬即是夜晚》里：

人孤独地站在大地的心上

被一束阳光刺穿：

转瞬即是夜晚。

Edè súbito sera

By Salvatore Quasimodo

Ognuno sta solo sul cuor della terra

traffitto da un raggio di sole:

ed è súbito sera.

这极简的三行诗是每个人人生的三步，在孤独地出生和转瞬地死亡之间，最丰富的体验也不过是"被一束阳光刺穿"。然而，在你的心里刚刚洞透一线光芒的时候，"转瞬即是夜晚"。父亲说到这里，满是唏嘘。他说苏轼在嘉兴的时候，三年之间三次拜访一位同乡禅僧，眼见他衰老、卧病和圆寂，于是写诗："三过门前老病死，一弹指顷去来今。"过去世、现在世、未来世，三生三世仿佛都只在弹指之间。

夜晚距离我们太近，不待我们走去，它已经挟着雷电迎来。

勃朗宁夫人

（Elizabeth Barrett Browning，
1806 — 1861）

/

/

/

　　英国女诗人，她的代表作《葡萄牙人十四行诗集》所得到的评价，甚至超过了莎士比亚的十四行诗。通篇炽烈字眼，使得勃朗宁夫人的情诗在今天读来略嫌甜腻，但怎能要求她换上冷静的态度？她获得了真正的爱情，以风华已逝的年纪和残破朽坏的身体。在英格兰绵绵不绝的黄昏与钟声里，勃朗宁夫人一遍又一遍向勃朗宁先生诉说，她的爱有多辽阔。

11 我的小葡萄牙人

> 我爱你像最朴素的日常需要一样，
>
> 就像不自觉地需要阳光和蜡烛。
>
> ——勃朗宁夫人《葡萄牙人十四行诗集》第43首

1.

1833 年，罗伯特·勃朗宁出版了自己的第一部长诗《波琳》。对于一个 21 岁的青年诗人来说，还有什么比第一次拿到自己印成书册的诗集更值得兴奋的事呢？但是，他迎来的却是潮水一般的恶评，人们挖苦他是个过于狂热的自恋分子，是个彻头彻尾的滥情主义者，甚至说他在诗歌里流露出来的那种强烈的病态意识是在任何神志正常的人身上都不曾见过的。

"这真是所有文学评论中最具反讽效果的发言，那些评论家如果要评论比萨斜塔，一定会夸赞它矗立得多么笔直。"十多年后，勃朗宁夫人仍然愤愤地为丈夫不平。那时候他们正住在比萨，从住所的窗子里可以望见那座著名的斜塔。没有人比丈夫更纯净、更善良，这一点，勃朗宁夫人知道得比谁都清楚，因为她的生命就是从他开始的。

2.

勃朗宁夫人原名伊丽莎白·巴莱特（Elizabeth Barrett），出生在英国一个极富裕的家庭。他们过着"音乐之声"式的庄园生活，12个兄弟姐妹会在一起排演舞台剧——他们有足够的演员阵容。

在所有的兄弟姐妹中，小伊丽莎白是最喜欢读书的一个。她的童年读物是亚历山大·蒲柏译出的《荷马史诗》——这部译本曾经给蒲柏带来过不菲的稿酬，使他成为英国历史上第一个靠诗歌摆脱贫困的职业作家。

小伊丽莎白也学着蒲柏那样写诗，她会用蒲柏成名的英雄双韵体，歌咏古希腊的神话英雄与金戈铁马。她完全不必像蒲柏那样考虑诗歌的收益问题，因为一来她生在富贵之家，二来她那时候还只有8岁。

到了13岁的时候，伊丽莎白已经拥有了自己的诗集，那是四卷本的史诗，以蒲柏的风格歌咏古希腊的马拉松战役。诗集有美丽的装帧，尤其是细腻的羊皮封面，就像所有伟大诗人的诗集一样。这是父亲印给她的，只有50册。父亲喜欢看她一本正经地写诗的样子，虽然他根本看不出，也完全没有关心过女儿的诗到底写得是好是坏。

每个人都喜欢这个文静的小诗人，看她骑着小马在庄园内外飞跑，像个小天使一样。如果不是在15岁那年骑马跌伤了脊椎，她一定会永远这般无忧无虑下去。

3.

小伊丽莎白从此只能瘫痪在床上，当母亲去世的消息传来的时候，她的身体甚至连号啕都不准她做。日复一日，她锢锁在自己的卧房里，倚在床上，要么低下头继续读书、写诗，要么抬起头看窗外一成不变的树木与河流。

家人都去了伦敦，还好弟弟爱德华一直陪着自己，他们有很多话可聊，可以一起学习希腊语，一起读《荷马史诗》的希腊语原文，日子还可以有说有笑，直到又一次意外的发生。

爱德华失足落水，就溺死在伊丽莎白窗外的那条河里。她几乎要疯掉了，没法抬头，因为一抬头就看见那窗，就看见窗外那条行凶的河，看见最心爱的弟弟愈漂愈远的影子。这房间里的每一件家具、每一寸墙壁都还留着爱德华的温度，回荡着说笑声和希腊语诗歌声的余音。她哭着，哭到虚脱，哭到神志不清。

家人不敢再把她留在乡下的庄园，接她到伦敦住。在浓雾的伦敦，她就像画家画静物时摆放在台布上的一个苹果，在画家离去之后被遗忘在原地，在时间的刻刀下慢慢凋萎。

很久很久以后，她又拿起了笔，写诗、译诗，百无聊赖地给文学杂志投稿。她的动作迟缓，眼神涣散，像一只冬眠中的幼兽，不存期待地期待着不会到来的春天。

闭锁的生活并不曾闭锁她的才华，不知不觉间，伊丽莎白已经在英国的诗坛赢得了不小的名气。谁说文学创作一定要四处采风、深入生活呢，伊丽莎白不曾走出过她的家，还有甚少走下楼梯的艾米丽·迪金森，在病榻上追忆似水年华的普鲁斯特。任何形式的生活都是某种不同寻常的体验，只在于你是否把它看得寻常。

4.

1844 年的英国诗坛，桂冠诗人华兹华斯已经垂垂老去，丁尼生俨然是最耀眼的星宿，而唯一能与丁尼生比肩的就是这个瘦弱的、慢吞吞的、冬眠一般朦胧着的女诗人伊丽莎白。她知道自己很有名气了，但那又怎么样呢，难道可以帮助自己从床上站起来，不需要别人抱着而走出房间吗？可以帮助自己拨开伦敦天空中化不开的浓雾，透进一点点润红脸颊的阳光吗？此刻的她，已经是人们口中的传奇、灵魂中的美神，但只有她自己知道，她还是那个正从马背上跌落的少女，被时间永远地悬置在那里，在身体与地面之间等待一双有力的、温柔的手臂接住自己。

也许那双手臂是会有的，但只可以是被文字虚拟出来的图像。1845 年 1 月 10 日，伊丽莎白收到了一封"读者来信"，信上说他爱极了她的诗，因而不可能不以更加热烈的程度爱上写诗的那个人。

写信的人就是罗伯特·勃朗宁，一个心里只存着真与爱的青年，一个曾经恶评如潮、而今默默无闻的诗人。她写了一封长信回答他，她曾经读过他的诗，还曾在自己的诗歌里赞美过他的才华，她说她感到了同情的极致，他们有很多共同的趣味可以讨论和分享。

那一年伊丽莎白已经 39 岁，她仿佛看到自己正从马背上跌落的那一刻，爱德华正从旁边的河里以优美的姿势游出水面，抖抖身上的水花，向自己飞跑过来。

罗伯特·勃朗宁小伊丽莎白六岁，他们从此开始了热情而天真的通信。

伊丽莎白隐约又听到了爱德华守在自己的床头讲着希腊语的语法和《荷马史诗》原文的音律，嗅到了庄园草地上的花香。但是，情境似乎有什么微妙的不同，不同的可是心跳和脉搏的节律吗？

5.

最近的一封信里，罗伯特提出想要见她。她拒绝，他坚持；她再拒绝，他再坚持。她从来不见外人，比床板躺在床上的时间更长，看上去她甚至不再属于人类，而只是花盆里的一株植物，每天只需要一点点水和一点点阳光，然后回报给世界一点点微弱的呼吸。

但是，好吧，想来看我就来看吧，看到我这副样子之后，你还会像以前一样地写信给我吗？或者你会彬彬有礼地告辞，邮差也会很快忘记我的住址……

那是暮春五月，他来了，他看到的是一个真正的弱不禁风的女子，忐忑不安地蜷缩在病房的沙发上，缺乏血色的脸上有一双时不时就要低垂的眼睛，她的声音就像这暮春天气里的最后一线游丝，在夕阳下颤颤地闪着若有若无的微光。而他，仪表堂堂地站着、坐着、望着、说着，他刻意压低声音，像害怕会吓坏她似的，他的眼睛在这略嫌昏暗的病室里也是亮的，只是笑起来有一点傻。他们说着话，谁也不知道自己究竟说了些什么，然后夕阳西下。然后，在下一封信里，他求她嫁给他。

39岁这年，伊丽莎白意外地初恋。

她有点不知所措。她是个不谙世事的人，她心跳得厉害，这事情像诗一样的不可能，她终于知道应该拒绝他，她不敢相信一时间高贵的同情。

她害怕失去他，所以必须拒绝他。

这叫我想起一部电影：一个女人深深爱上一个男人，爱到一想起他，手指就会神经质地颤抖。某天下午，他们静静地躺在一起，她望向他，一脸痴迷。忽地，她开口了："我们分手吧。"男人不解，问她为什么，她说："因为我已经无法离开你了。"

回到伊丽莎白的故事。她回信给他，叫他为了彼此的交谊不要再说那些不知轻重的话，他赶忙写信道歉，但不多时又会忍不住旧事重提。

她拒绝，她踌躇，但最重要的是，她在恋爱。

他们更加频繁地通信，信写得更长也更缠绵。他每周都会来看她一天，带来大捧的鲜花，而她的窗子打开了，放进了新鲜的阳光和空气。那一天他收到了她信里寄来的一朵金盏花，那是她在树林里亲手采的，她可以站起来了，可以自己走出病房，走到户外，在整整 24 年的卧病之后，奇迹就这样发生了。

只要你见证过奇迹，就不得不相信爱情。

6.

他们的婚礼是秘密进行的，因为她只能瞒着顽固的父亲，偷偷地和他私奔。她孤零零地在教堂里套上他的戒指，没有一个亲友在旁边为他们祝福。但是，她一点都不觉得缺憾，因为任何一声祝福比起身边的罗伯特都是多余的了，"因为我太幸福，用不到任何祝福了呀"，她说。

罗伯特像他心目中的诗歌英雄雪莱一样，神秘地带走了心上人。他们渡过英吉利海峡，途经巴黎，进入意大利，从比萨到佛罗伦萨。伊丽莎白，如今的勃朗宁夫人，第一次看到了外面的世界。他们在欧洲大陆上寻幽览胜，他领着她，过度地呵护着她，而她惊奇于巴黎的每一座房子和佛罗伦萨街道上的每一块石头。生活原来可以这么美，她以前竟不知道。

在写给妹妹的信里，伊丽莎白嗔爱地讲起自己的丈夫："我叮嘱他千万不要逢人就炫耀妻子跟他一起去过这儿、玩过那儿，好像有两条腿的老婆就是天下最稀奇的活宝了。"不难想见，原先怜悯伊丽莎白的人现在简直要忌妒她了，忌妒他们夫妻那永远如初恋一般的恩爱。

婚后第三年，43 岁的伊丽莎白做了母亲，这更是奇迹中的奇迹了，谁都不敢相信这就是那个曾经在病床上瘫痪了整整 24 年的女人。

7.

那是比萨住所里的一天，早餐之后，勃朗宁独自站在窗前，眺望街景——从这里可以看到比萨斜塔，他忽然觉得身后有人轻手轻脚地走着，正待回头，却是妻子从后面推住了他，她不许他回头，羞涩地把一卷稿子塞进了他的口袋，说是若他不喜欢的话，就把它们撕掉好了。

她匆匆逃上了楼，可没过多久，他便激动地冲了上来，举着那卷诗稿对她说："这是自莎士比亚以来最出色的十四行诗！"——那是她在婚前悄悄写给他的，却一直不让他看，那是她唱给他的情歌，用十四行诗的曲调，在意大利，这个十四行诗的故乡，方才让他知晓。

他不敢私藏这些无与伦比的杰作，而她却不愿发表这些私密的情歌。她不在意什么艺术，何况她相信，再无价的艺术品也配得上丈夫去私藏。她甘愿把自己第一流诗人的才华"浪费"在他一个人的身上，她只想对他再好一点，用上她全部的气力。

后来这些情诗还是流传出去了，伊丽莎白的一个朋友私人印行了极少的本子，封面未标书名，内封上简单地写着"十四行诗集，E.B.B作"。

这组十四行诗的第一次公开发表是在1850年，共有43首，伊丽莎白为它们取了一个总名，叫作"葡萄牙人十四行诗集"，刻意让读者误以为这是一些翻译过来的外国诗歌。当时只有很少的人了解其中的奥妙，知道这"葡萄牙人"其实就是伊丽莎白自己，是罗伯特总爱亲昵地叫她"我的小葡萄牙人"，因为伊丽莎白曾在一首诗里写过一对葡萄牙人的爱情，而罗伯特极爱这首诗，极爱诗里的"小葡萄牙人"。

8.

我自己最喜欢这组诗里的第43首，喜欢里边"我爱你像朴素的日常需要一样，就像不自觉地需要阳光和蜡烛"，喜欢这话里的真，这不是诗人惯有的谎言和激情，伊丽莎白和罗伯特毕生彼此都是对方的阳光和蜡烛，是来自天性的彼此需要，并须臾不可或缺：

> 我究竟怎样爱你？让我细数端详。
> 我爱你直到我灵魂所及的深度、
> 广度和高度，我在视力不及之处
> 摸索着存在的极致和美的理想。
>
> 我爱你像最朴素的日常需要一样，

就像不自觉地需要阳光和蜡烛。

我自由地爱你，像人们选择正义之路，

我纯洁地爱你，像人们躲避称赞颂扬。

我爱你用的是我在昔日的悲痛里

用过的那种激情，以及童年的忠诚。

我爱你用的爱，我本以为早已失去

（与我失去的圣徒一同）；我爱你用笑容、

眼泪、呼吸和生命！只要上帝允许，

在死后我爱你只会更加深情。

（飞白 译）

How do I love thee? Let me count the ways.

I love thee to the depth and breadth and height

My soul can reach, when feeling out of sight

For the ends of Being and ideal Grace.

I love thee to the level of everyday's

Most quiet need, by sun and candle-light.

I love thee freely, as men strive for Right;

I love thee purely, as they turn from Praise.

I love thee with the passion put to use

in my old griefs, and with my childhood's faith;

I love thee with a love I seemed to lose

with my lost saints, —I love thee with the breath,

smiles, tears, and all my life! —and, if God choose,

I shall but love thee better after death.

第 32 首

当金黄的太阳升起来，第一次照上
你爱的盟约，我就预期着明月
来解除那情结、系得太早太急。
我只怕爱得容易、就容易失望，

引起悔心。再回顾我自己，我哪像
让你爱慕的人！——却像一具哑涩
破损的弦琴、配不上你那么清澈
美妙的歌声！而这琴，匆忙里给用上，

一发出沙沙的音，就给恼恨地
扔下。我这么说，并不曾亏待
自己，可是我冤了你。在乐圣的

手里，一张破琴也可以流出完美

和谐的韵律；而凭一张弓，真诚的

灵魂，可以在勒索，也同时在溺爱。

（方平 译）

The first time that the sun rose on thine oath

To love me, I looked forward to the moon

To slacken all those bonds which seemed too soon

And quickly tied to make a lasting troth.

Quick-loving hearts, I thought, may quickly loathe;

And, looking on myself, I seemed not one

For such man's love! — more like an out-of-tune

Worn viol, a good singer would be wroth

To spoil his song with, and which, snatched in haste,

Is laid down at the first ill-sounding note.

I did not wrong myself so, but I placed

A wrong on thee.For perfect strains may float

'neath master-hands, from instruments defaced, —

And great souls, at one stroke, may do and dote.

9.

在意大利，人们见到的伊丽莎白是热情外向的女人，简直想象不出她曾经有过二十多年闭锁的岁月。她爱着意大利，这一片新的故乡，她热心地参与社会运动，和丈夫一起支持意大利的解放事业，冒着生命危险庇护逃亡的政治犯。她写给意大利的诗是带着钢铁质感的战歌，似乎她一旦找到了爱，就传染般地爱上了一切值得爱的东西——奴隶的解放，女权的提升，一切人的自由。每一刻都无所顾忌地去爱，直到有一天，她暖暖地死在了丈夫的怀里，脸上还挂着少女一般的微笑。

伊丽莎白并不是全无遗憾的，她一直期待世人能够认识丈夫的诗歌才华。她看得出他是第一流的诗人，不仅仅因为爱他，而是真的懂他。

伊丽莎白是对的，世人终于认可了他的诗，直到今天的文学史上，罗伯特·勃朗宁仍然是维多利亚时代和丁尼生并耀的明星。但荣誉来得迟了，伊丽莎白终究没有看到。

所以，罗伯特也不在意这个他曾经梦寐以求的名誉了。他也并不孤独，只要有一把摇椅，他就可以坐上很久很久，用现在的每一天回忆过去的每一天，那些和伊丽莎白一起的每一天。任何人若是有他一半多的甜美回忆，一辈子便都不会寂寞了。

1889 年，罗伯特已经是一位 78 岁高龄的老人，他知道自己将不久于人世，终于恋恋不舍地把一个精雕细刻的木盒交给了儿子。时间多快，罗伯特和伊丽莎白的儿子，贝尼尼，伊丽莎白信里提到的那个"胖乎乎的、脸蛋红红的、健壮可爱的小东西"已经是一位 40 岁的人了，是位小有名气的艺术家。父亲就在这一年死在了威尼斯，贝尼尼打开了那只木盒，里边整齐地收藏着父亲和母亲的全部书信。他们写下了百万字的书信，至死也不曾把情话说尽。

10.

回想罗伯特第一次向伊丽莎白求婚的时候，伊丽莎白叫他不要再说那些"不知轻重"的话。他慌忙写信道歉，但他终是爱着她，小心试探着比普通朋友多迈出的一小步。他那时写过一首诗，《失去的恋人》，见得他那时是怎样小心而不甘。岁暮了，才显得这首青涩的小诗其实藏着多么醇厚的美：

那么，一切都过去了。难道实情的滋味
真有预想的那么难咽？
听，麻雀在你家村居的屋檐周围
唧唧喳喳地道着晚安。

今天我发现葡萄藤上的芽苞
毛茸茸地，鼓了起来；
再一天时光就会把嫩叶催开，瞧：
暗红正渐渐转为灰白。

最亲爱的。明天我们能否照样相遇？
我能否仍旧握住你的手？
"仅仅是朋友，"好吧，我失去的许多东西，最一般的朋友倒还能保留。

你乌黑澄澈的眼睛每一次闪烁
我都永远铭刻在心；
我心底也永远保留着你说
"愿白雪花回来"的声音！

但是，我将只说一般朋友的语言，
或许再稍微强烈一丝；
我握你的手，将只握礼节允许的时间
或许再稍微长一霎时！

（飞白 译）

The Lost Mistress

by Robert Browning

ALL 's over, then: does truth sound bitter

As one at first believes?

Hark, 'tis the sparrows' good-night twitter

About your cottage eaves!

And the leaf-buds on the vine are woolly,

I noticed that, to-day;

One day more bursts them open fully

147

—You know the red turns gray.

To-morrow we meet the same then, dearest?

May I take your hand in mine?

Mere friends are we,—well, friends the merest

Keep much that I'll resign:

For each glance of the eye so bright and black,

Though I keep with heart's endeavour,—

Your voice, when you wish the snowdrops back,

Though it stay in my soul for ever!—

Yet I will but say what mere friends say,

Or only a thought stronger;

I will hold your hand but as long as all may,

Or so very little longer!

泰戈尔

（Rabindranath Tagore，1861—1941）

/

/

/

印度诗人、哲学家和印度民族主义者，1913年诺贝尔文学奖获得者，也是第一位获得诺贝尔文学奖的亚洲人。泰戈尔有两种让人惊羡的能力：第一种是他总能于文字的丛林之中，拨开错综复杂的枝叶、溪流与小径，拨开雾与夜，准确地找到那些异乎寻常的花朵以及最为饱满馥郁的浆果；第二种是他深谙如何将腐朽化为神奇，那些浅显庸常得连无知少年都能参悟的人生哲理，被他抹上蜜戴上皇冠穿上水晶鞋与公主裙之后，便像极了终极真理。所以，泰戈尔得到文学奖可谓实至名归，他向人们实实在在地展示了，文学的手段到底可以在多大程度上挽救思想的贫瘠。

12 爱情三种

世界上最遥远的距离不是生与死的距离，

而是我站在你面前，你却不知道我爱你。

——[托名]泰戈尔

1.

"世界上最遥远的距离不是生与死的距离，而是我站在你面前，你却不知道我爱你。"第一次读到这句话时，真觉得触目惊心，一种冷到极点的悲凉。那是在张小娴的一本书里，大概叫作《荷包里的单人床》。那时候的我，刚刚到了憧憬爱情的年纪。虽然未经世事，但是已会暗暗于想象中体味爱情世界里"最遥远的距离"。我坚信自己将来也会因为某个人陷入这般孤独与绝望的境地，我甚至对此怀揣期待。

多年之后，我再一次见到这个忧伤的句子，是一位朋友抄给我看的，说这其实是泰戈尔的诗：

世界上最远的距离

不是　生与死的距离

而是　我站在你面前　你却不知道我爱你

世界上最远的距离

不是　我站在你面前　你不知道我爱你

而是　爱到痴迷　却不能说我爱你

世界上最远的距离

不是　爱到痴迷　却不能说我爱你

而是　想你痛彻心扉　却只能深埋心底

世界上最远的距离

不是　想你痛彻心扉　却只能深埋心底

而是　彼此相爱　却不能够在一起

世界上最远的距离

不是　彼此相爱　却不能够在一起

而是　明知道真爱无敌　却装作毫不在意

世界上最远的距离

不是　树与树的距离

而是　同根生长的树枝　却无法在风中相依

世界上最远的距离

不是 树枝无法相依

而是 相互瞭望的星星 却没有交汇的轨迹

世界上最远的距离

不是 星星之间的轨迹

而是 纵然轨迹交汇 却在转瞬间无处寻觅

世界上最远的距离

不是 瞬间便无处寻觅

而是 尚未相遇 便注定无法相聚

世界上最远的距离

是鱼与飞鸟的距离

一个在天 一个却深潜海底

　　朋友说这首诗其实也是齐豫那张好听的专辑《骆驼、飞鸟与鱼》的出处，我哑然失笑，说这不可能是泰戈尔写的，甚至也不可能是张小娴写的，恐怕是网友创作吧，根据张小娴的那段话敷衍出来的。而朋友坚称是泰戈尔写的，因为她找到了原文：

The Farthest Distance in the World

The farthest distance in the world

Is not the distance between life and death

But you don't know I love you when I stand in front of you

The farthest distance in the world

Is not you don't know I love you when I stand in front of you

But I cannot say I love you when I love you so madly

The farthest distance in the world

Is not I cannot say I love you when I love you so madly

But I can only bury it in my heart dispite the unbearable yearning

The farthest distance in the world

Is not I can only bury it in my heart dispite the unbearable yearning

But we cannot be together when we love each other

The farthest distance in the world

Is not we cannot be together when we love each other

But we pretend caring nothing even we know love is unconquerable

The farthest distance in the world

Is not the distance between two trees

But the branches cannot depend on each other in wind even they grow

from the same root

The farthest distance in the world

Is not the braches cannot depend on each other

But two stars cannot meet even they watch each other

The farthest distance in the world

Is not the track between two stars

But nowhere to search in a tick after two tracks join

The farthest distance in the world

Is not nowhere to search in a tick

But doomed not to be together before they meet

The farthest distance in the world

Is the distance between fish and bird

One is in the sky, another is in the sea

　　果然连原文都有，可我更不敢相信这是泰戈尔的诗了，泰戈尔不会用这样的英文。单看标题好了，distance 不能用 the farthest 形容，可以有 the farthest village in the country，或者 the farthest star in the universe，也可以有 a long distance，或者 the longest distance，正如规范的中文一样，"距离"只可能"长"或"短"，而不可能"远"或"近"。若再大略看看正文，倒像是硬硬地从中文迻译过来的。

　　出于好奇，上网查了一下，这果然是一桩无头公案，唯一可以确定的是，泰戈尔的文集里找不出这首诗来。朋友问我为什么在未查资料之前就说这不可能是泰戈尔的诗，并且推测是网友创作。我说这很简单，这首诗完全是流行歌曲的写法，它或许是一篇不错的歌词，但作为诗歌来讲，它犯了一个最大的写作忌讳：啰唆。它所有的诗节其实都是以不同的修辞表达同一个意思，但凭这一点，这首诗就已经不入流了。泰戈尔的诗虽然我并不很喜欢，但必须承认的是，他这个级别的诗人绝对不可能犯下这种低级错误，连张小娴都不太可能这么写。

只有在流行歌曲的环境里长大的人才最习惯这种修辞。我们之前写仓央嘉措的一本书里谈到过两首被误传为仓央嘉措情歌的诗，一是"那一天……那一月……那一生……那一世……"这其实是现代人写的歌词，每一段都是用不同的修辞表达同样的意思；二是"第一最好不相见……"其实从"第二"到"第十"都是现代人增补上去的，同样是修辞变而意思不变。

这种手法的源头是民歌，《诗经》里边就不乏例证。但是，真正有名有姓的诗人们即便模仿民歌的体裁，一般也只会写一个民歌体的副歌，杂沓咏叹一下而已，例如叶芝的一首《被偷走的孩子》，当然，还有惠特曼的《啊，船长！我的船长！》。

初学写诗的人总爱铺陈，而好诗总是惜墨如金，不能有一个多余的字。

2.

听过我的理由，朋友颇不以为然。她不理解我为何非要证明这首诗不是泰戈尔的呢，是谁写的又有何妨，就像钱钟书先生说的，如果你觉得一只鸡蛋好吃，何必非要去认识那只下蛋的母鸡呢？

世界上最遥远的距离，多年过去，我仍记得初读它时的心悸，但今天我已经只会淡然地做些事不关己的点评；这样的句子，已不足以让我忧伤一个下午那样漫长的时间。

　　常常觉得读书的口味刁了其实并不是什么好事，有多少曾经为之动容动声的诗歌今天都已经懒得想起，又有多少被传来传去的"公认的佳作"在自己眼里只是一堆毛病。真正快乐的，总是故事里那个刚刚发现晒太阳很舒服就赶紧去把这个秘密奉献给国王的人。

3.

　　我不理解为什么那么多人在感情上都有施虐与受虐的渴望，一定要有天昏地暗的吵闹，撕心裂肺的分手，厚颜无耻的复合，然后是新一轮天昏地暗的吵闹……非如此则不够浪漫，不够有生活情调。也许终有一天他们都会筋疲力尽，会喜欢上另一种相处方式。那是波兰女诗人安娜·申切斯卡讲给我们的《最伟大的爱情》：

　　　她六十岁 拥有
　　　生命中最伟大的爱情

　　　她和心爱的人挽手漫步
　　　微风吹乱了他们灰色的头发。

　　　心爱的人说：
　　　"你的每根发丝都像珍珠。"

她的孩子们说：

"老傻瓜。"

（崔卫平 译）

The Greatest Love

by Anna Swirsezynska, translated from the Polish by Czeslaw Milosz and Leonard Nathan

She is sixty. She lives

the greatest love of her life.

She walks arm-in-arm with her dear one,

her hair streams in the wind.

Her dear one says:

"You have hair like pearls."

Her children say:

"Old fool."

4.

安娜·申切斯卡这样的爱，淡淡然，带着一点小小的满足和小小的幽默。但还有一种爱，发生在社会的底层，连最简单的花边也不曾有过。那是托尼·哈里森的诗歌场景，写 20 世纪上半叶的英国工人家庭，写他自己的家庭和每一个贫穷的家庭：

远距离·2

虽然母亲已经过世两年，
父亲还是会用煤气炉烘暖她的拖鞋，
再把热水袋放在床上她睡的那边，
还会按时续上她的公交月票。

你要是想来我家坐坐，请一定电话预约，
父亲会让你一个小时以后再来，好让他有时间
收起母亲的东西，让房间里看上去只有他独居，
好像他对母亲的深情让他有点难为情。

他不肯听我讲母亲已经过世了，
他相信很快就会听到她的钥匙
在生锈的锁孔里咔嗒作响。有什么可伤心的，
她只是刚刚出门买茶叶去了。

但我相信生命止于死亡，仅此而已，
你们并不是一起出去买东西了；同样地，
在我那本新的黑皮电话簿里记着你的名字

我仍然会拨起这个无人接听的号码。

Long Distance II

by Tony Harrison

Though my mother was already two years dead

Dad kept her slippers warming by the gas,

put hot water bottles her side of the bed

and still went to renew her transport pass.

You couldn't just drop in. You had to phone.

He'd put you off an hour to give him time

to clear away her things and look alone

as though his still raw love were such a crime.

He couldn't risk my blight of disbelief

though sure that very soon he'd hear her key

scrape in the rusted lock and end his grief.

He knew she'd just popped out to get the tea.

I believe life ends with death, and that is all.

You haven't both gone shopping; just the same,

in my new black leather phone book there's your name

and the disconnected number I still call.

少年时总会被贵族世界里的风花雪月打动，而今却更能听懂一些粗糙的声音。时间会发生奇妙的变形，今天读着这诗，仿佛看着一件新石器时代的出土文物。

今天人们歌颂的，是直升机撒下的漫天玫瑰，以及一位新娘赤足在海滨公路上抵死追逐着一辆开开停停的兰博基尼。爱，应该是一件奢侈品，人们总是这样相信。嘉宾用灯光秀出新象征主义的暗语：贫穷的爱是可耻的。专家们齐声附和：是的，是的，爱只有唯一的类型，你们心中的类型，康德说那就是物自体，黑格尔说那就是绝对精神，蒲柏说托尼·哈里森刚刚死了，也就是不复存在了，既然不存在，当然不合理，我们不要听不合理的意见——拖鞋、热水袋、月票、钥匙和生锈的锁孔，这些东西毫无美感。

而我在心底歌颂的，正是这毫无美感的可耻的爱。

5.

但是，当我不再欣赏"世界上最遥远的距离"这样的诗句，却体会了一次世界上最遥远的距离。

那天下午，我们坐在浓荫蔽日的大槐树下讨论，茫茫人海中两个人是怎样走到一起的。

他说，爱情是讲条件的。所谓恋爱，不过是计算自身条件以及机会成本，找到力所能及的最好的伴侣。如果双方条件变化，爱情就将面临洗牌。为了方便我理解，他举例说明：若他的身高再多几厘米，他或许会选择一个更为出众的女生；而假设我的学历再往上一层，我选择的对象也将更加优秀。说得残酷点，所有人选择现在的伴侣都只是权宜之计。

我捧起橘子汽水一口气吸到底，对他的话未置可否。说真的，我并非反对他的全部观点。爱情自然要讲条件，"门当户对"之观念能够数千年来大行其道就已说明问题。观念的世界，同样讲究适者生存。这观念就算有千宗不是，若它完全无益于爱情婚姻，它早就在情人们的谈笑间灰飞烟灭。

但我轻轻松松就可以驳倒他"所有人选择现在的伴侣都只是权宜之计"的论调，不是反对"权宜"二字，而是反对"所有"。因为，我选择他不是权宜之计。我在想象中快速地优化我的各种条件，发现更好的条件令我愉快的是，我可以利用这些条件增添他的荣耀，使他过得幸福。即使我能左右纳斯达克，站上宇宙之巅，发动星球大战，对抗时间流逝，而我想要与之共度一生的人，就在我眼前。

眯着眼睛细细打量他，他继续他的宏论，神采飞扬。我坐在离他一米远处，仿佛隔着银河。

不是每个人都能遇到一个让你义无反顾的人。他没有我幸运，所以我原谅他。

【在时光深处遇见】

无名氏

/

/

/

诗歌并非诗人的专利。也许你从未研究过音步、格律、韵脚，你从不知道浪漫主义和唯美主义的区别，但这并不影响某一刻，你心底突然回荡起动人的歌。如果有了那样的歌，请如实记录，别管工巧与否。足够真挚，才是诗存在的本质。

13 当时只道是寻常

还记得吗，有一次我忘了提醒你那是一个正式舞会，
结果你穿着牛仔裤亮相了？

—— 一个普通美国女子的无名诗歌

诗有两种：有漂亮句子的，没有漂亮句子的。

有漂亮句子（或是所谓格言警句）的诗易于流传，但从诗艺的角度来看，第二种形式的诗反而境界更高。它们总是浑然天成的一个整体，单独看任何一句话都平淡无奇，没有任何一句话从诗里跳脱出来，但你就是会被它打动。这就是"结构"的力量，是文学创作里最难掌握的技术。

能够领会这一点的人并不太多，因为我们从小写作文就喜欢依赖一些《名言警句大全》和《作文名句》《作家妙语》这样的书，青春期的时候又总是会被一些"美丽的句子"打动，甚至会专门买个漂亮的本子来做摘抄。这简直成了我们"文化的根"，以至于今天一些专门做文化工作的社会贤达仍然以某句话是否漂亮作为衡量文章好坏的唯一标准。

现在我要谈到的这首诗，就没有任何一句可以供人摘录的句子。诗中全是再家常不过的语言，不长的篇幅里充满了小小不言的琐事。这首诗是

我很小的时候就读到的，那时候我一直接受传统式的家教，背的都是中国古典诗词，从《诗经》直到晚清；我还不太晓得外国诗歌是什么样子，英语考试也总是靠着小聪明蒙混过关。所以，当你读过了下面这首诗，应该就能够想见我当时那颗小小的懵懂的心是怎样的惊奇和震颤：

还记得吗，那天我借来你的新车，
结果把车子撞出了凹痕？
我以为你会杀了我，但你没有。

还记得吗，那次我硬拉着你去海滩，
你说会下雨的，结果真的下了雨？
我以为你会说"看吧，我就说嘛"，但你没有。

还记得吗，那天我跟所有男孩子调情来惹你吃醋，
然后你真的吃醋了？
我以为你会离开我，但你没有。

还记得吗，那天在你的车子里
我把草莓派弄撒了？
我以为你会打我，但你没有。

还记得吗，有一次我忘了提醒你那是一个正式舞会，
结果你穿着牛仔裤亮相了？
我以为你会甩了我，但你没有。

是的，有太多事情你都没做，
但你一直迁就我，爱我，保护我。

我会做很多事情来报答你，
只要你一从越南回来，

但你没有。

Remember the day I borrowed your brand-
new car and dented it?
I thought you'd kill me, but you didn't.

And remember the time I dragged you to the beach,
and you said it would rain, and it did?
I thought you'd say, "I told you so." But you didn't.

Do you remember the time I flirted with all
the guys to make you jealous, and you were?
I thought you'd leave, but you didn't.

Do you remember the time I spilled strawberry pie
all over your car rug?
I thought you'd hit me, but you didn't.

And remember the time I forgot to tell you the dance

was formal and you showed up in jeans?

I thought you'd drop me, but you didn't.

Yes, there were lots of things you didn't do.

But you put up with me, and loved me, and protected me.

There were lots of things I wanted to make up to you

when you returned from Vietnam.

But you didn't.

  读到最后一句，突然落泪。那时候其实我还太小，不大明白越战是怎么回事，也还不曾朦胧地爱或朦胧地被爱。但我只是简简单单地被打动了，简单得就像这首诗里的所有语句一样。我才晓得世界上原来还有这样一种情感，才晓得生活里那些最平庸的细节其实每一处都泛着淡淡的光晕。

  这首诗没有题目，也并非出自任何名家之手，只是一个美国女孩子在收拾母亲遗物的时候偶然找出来的。这是母亲写给父亲的诗，提醒着那场噩梦一般的越战。有多少"当时只道是寻常"的琐事，突然就变成一个人心底最贵重的钻石和最惨痛的伤口。

  直到最近两年，我才能比较理智地谈起这首诗，讨论它朴素而浑然天成的技艺。这并不是一件容易的事，因为我每每回忆起这首诗，除了无可名状的感动之外，再也想不到别的什么。

罗伯特·彭斯

（Robert Burns，1759 — 1796）

/

/

/

苏格兰农民诗人，一生致力于苏格兰民歌的收集和整理，对复活苏格兰民歌居功甚伟，因此每年1月25日苏格兰人民还会举行活动纪念他。彭斯的诗歌简单、直白，甚至粗糙，若单论文学性，实难跻身一流。不过，从某种意义上来说，他是当之无愧的文学家——彭斯能够理解自然界的文学性。谁说非要连篇累牍的漂亮辞章才叫作"文学"？荒原上缓缓流淌的月色，鼹鼠摇摇摆摆的姿态，樱花草温柔生长的窸窣声，无疑比诗人们雕琢的音节拥有更丰富的文学性。一朵花绽放的经过，也许比史诗般的小说更波澜壮阔。而彭斯所做的事，不过是手忙脚乱地接过大自然抛来的诗句，而后翻译为人类的语言。你可以不喜欢他过于朴素的"翻译"，但不得不承认，彭斯比我们更清楚，隐藏在自然界里的章法与修辞。

14 麦田里的守望者

你要是在麦田里遇到了我……

——罗伯特·彭斯《走过麦田来》

1.

如果不是出现了某个阴差阳错的际遇，有些诗歌也许再也不会被人提起。

在我的学生时代，读书总是怯生生的，对名家名作心怀敬畏。经常慕名地去看一些东西，看过之后就算大失所望，也不敢轻易地表达自己的情绪，总觉得问题最可能出在自己身上，是自己还太年轻，还太肤浅，理解不了名作的深刻。

后来书读得多了，自信高涨了一些，才知道并不是这么回事。有些作品的确是我当年无力领略的，但也有一些，确实算不上实至名归，它们之所以成名，只是因为在文学史上占了某个特殊的位置罢了——或者是开创了某种风格，或者是在某个特殊的时期迎合了人们特殊的阅读趣味。

罗伯特·彭斯就是这样一个诗人，尽管任何一部英国文学史都会浓墨重彩地介绍这个"伟大的苏格兰农民诗人"，说他如何坚忍地度过贫困、坎坷而短暂的一生；说他的作品如何使人们耳目一新，以至于农民们纷纷挤出微薄的积蓄来购买他的诗集；说他如何以实际行动支持美国独立和法国革命，不惜为此丢了饭碗；也说他如何高傲地嘲弄那些高高在上的领主和教士。是的，他的人格和遭遇足以感动每一个不乏良善之心的读者，他的诗作也的确使当时的人们耳目一新，但是，以上任何一个理由都不能证明他的诗歌是任何意义上的好诗。

彭斯的诗充满了苏格兰方言和农民的口语，以最直白的甜言蜜语歌颂恋人，以肆无忌惮的江湖豪气咒骂地主。诗句出奇地朗朗可诵，像是顺口溜或是今天网络票选的所谓"神曲"。但是，当年我们系里的那些男生，就连很多从来不读诗歌的人也都知道彭斯的一首诗，叫作《走过麦田来》（*Coming Thro' The Rye*）。因为这首诗牵连着《麦田里的守望者》里边最经典、最迷人的一段，而《麦田里的守望者》，塞林格这部饱受争议的青春成长小说，那一年正在男生们的世界里风靡。

2.

似乎每个时代的男生都会读一遍《麦田里的守望者》，然后把主人公霍尔顿奉为青春叛逆的偶像，学着他的腔调、手势、谎言和脏话，嘲讽学校里乃至社会上的一切权威，再把世界一分为二，右边是成人的世界，左边是纯真的世界，中间是一道鸿沟天堑，而他们的使命就是固守在鸿沟的左岸，誓死抵抗右岸大军的疯狂入侵。

　　但是，他们最后还是会欣欣然地跨过鸿沟，以近乎狂欢的神色接受对岸的招安，然后在春风得意的时候装腔作势地缅怀一下曾经纯真的左岸往事，发誓说自己在心底深处仍然是当年那个真挚而叛逆的少年。

　　老同学们虚情假意地附和彼此的虚情假意，有人骂两句霍尔顿式的脏话，或者激扬地背诵他唯一记得的彭斯的诗。匆匆曲终人散，有人钻进"该死的凯迪拉克"，有人钻进"该死的宝马"，在银座一般的夜空下各自绝尘而去。

　　我见过一个家境平常的男生如何费尽心机地追求某个大省要员的千金，毕业后不到几年就有了一座属于自己的豪华写字楼；我见过一个最有文学天赋的男生如何被打磨成了一个商业化写作的好手，如何拔掉了笔上生出的花，扭扭捏捏地为女性杂志写些从来都羞于署名的东西，赚取小女生最廉价的眼泪；我也见过当年一个身材挺拔的男生已经微微地驼了背，唯一的病因只是他谋了一份相当体面的差事，和万众瞩目的领导距离最近。我至今仍然记得他们像书中的霍尔顿一样流里流气而又豪气干云的样子——那时候我并不喜欢《麦田里的守望者》，只是出于好奇才看了看，我很厌烦霍尔顿那副"反英雄"的嘴脸，但到了今天，我终于明白那个16岁的不良少年霍尔顿其实是多么可爱。

　　到底是什么使那些认真崇拜过霍尔顿的男生终于变成了霍尔顿最鄙视的人，这个问题我一直找不到答案。

3.

　　百无聊赖的霍尔顿只有一个可以交谈的人，就是他的妹妹菲比。菲比毕竟还太小，他不知道她到底能够听懂多少，但她至少不会像标准中产阶级的爸爸或者道貌岸然的校长那样对待他。

他们那天聊起了未来，霍尔顿不知道自己今后究竟该做什么，菲比说他可以像爸爸那样做一名当红律师，霍尔顿说那不合自己的胃口："我是说他们要是老出去搭救受冤枉的人的性命，那倒是不错，可你一当了律师，就不干那样的事了。你只是挣许许多多钱，打高尔夫球，打桥牌，买汽车，喝马提尼酒，摆臭架子。再说，即使你真的出去救人性命了，你怎么知道这样做到底是因为你真的要救人性命呢，还是因为你真正的动机是想当一个红律师……你怎么知道自己不是个伪君子？问题是，你不知道。"

越是理想主义者越是容易滑向虚无主义，霍尔顿也许就是这样的一个孩子吧。我以前总是更多地看到他的虚无，却较少地体贴他的理想。破败之后的理想另有一种凄艳的美丽，在你刚刚看破世界的虚伪时，最是不堪负重。

霍尔顿于是开始了他最美丽的异想天开，他在想如果将来真的可以任由自己选择的话——

"你可知道那首歌吗，'你要是在麦田里捉到了我'？我将来想做——"

"是'你要是在麦田里遇到了我'。"菲比说，"是一首诗。罗伯特·彭斯写的。"

"我知道那是罗伯特·彭斯的诗。"

她说得对。那的确是"你要是在麦田里遇到了我"。可我当时并不知道。

"我还以为是'你要是在麦田里捉到了我'呢，"我说，"不管怎样，我老是在想象，有那么一群小孩子在一大块麦田里做游戏。几千几万个小孩子，附近没有一个人——没有一个大人，我是说——除了我。我呢，就站在那混账的悬崖边。我的职务是在那儿守望，要是有哪个孩子往悬崖边奔来，我就把他捉住——我是说孩子们都在狂奔，也不知道自己是在往哪儿跑，我得从什么地方出来，把他们捉住。我整天就干这样的事。我只想当个麦田里的守望者。我知道这有点异想天开，可我真正喜欢干的就是这个。我知道这不像话。"

菲比有好一会儿没吭声。后来她开口了，可她只说了句："爸爸会要了你的命。"

"他要我的命就让他要好了，我才他妈的不在乎呢。"

任何一个读过《麦田里的守望者》的人都记得这个最经典的段落，但我想，这也许不是写给少年看的。同样这一段文字，少年时读起来只觉得梦幻的美，成年后读起来却变作了虚幻的美。前者令人心向往之，后者却只是令人落泪。眼看着身边一个个梦想着会成为麦田守望者的少年，最后无一例外地"只是挣许许多多钱，打高尔夫球，打桥牌，买汽车，喝马提尼酒，摆臭架子"，我不知道为什么会是这样。

霍尔顿记错了彭斯的诗，是"你要是在麦田里遇到了我"，可不是"捉到了我"。这可能是世界上最美的一句被错记的诗，想象中的长大成人的霍尔顿仍然生活在孩子们的世界里，但他不是教师、不是长官，不发布任何指令，不制定任何规训，任由孩子们在麦田里自由玩耍，他只是远远地守望着他们，仅此而已。这是一个永远也不会成真的乌托邦，每一个想过要实现它的人最后都会叛离。

一个昔日里最迷恋《麦田里的守望者》的男同学，如今正在快马加鞭地投奔那个"虚伪可笑的中产阶级"，他说麦田的意象早已经淡得像一个飞出窗外的烟圈，反而那时候视作笑柄的一段话，安东里尼先生"可笑地"劝诫霍尔顿的一段话，一天天地在现实生活中光鲜起来："一个不成熟男子的标志是他愿意为某种事业英勇地死去，一个成熟男子的标志是他愿意为某种事业卑贱地活着。"

他的眼睛似乎还是从前那样的清澈，还像是从前追求过我的那个整日梦想着麦田的男生，这是何等骇人的变化。如果可以让当年的他来评价现在的他，或许不只是"愿意为某种事业卑贱地活着"，而是"愿意为某种卑贱的事业卑贱地活着"。那又怎么样？他说。一副呼风唤雨、光彩照人的模样。

4.

如果你因为《麦田里的守望者》而去找过彭斯的诗集，如果你真的看过彭斯《走过麦田来》（*Coming Thro' The Rye*）的原诗，你恐怕只会怪它是"气氛谋杀者"，因为那其实是一首欢快诙谐的乡土情歌：

> 可怜的人儿，走过麦田来，
> 走过麦田来，
> 她拖着长裙，
> 走过麦田来。

[合唱] 呵，珍妮是可怜的人儿，
珍妮哭得悲哀。
她拖着长裙，
走过麦田来。

如果一个他碰见一个她，
走过麦田来，
如果一个他吻了一个她，
她何必哭起来？

[合唱] 呵，珍妮是可怜的人儿，
珍妮哭得悲哀，
她拖着长裙，
走过麦田来。

如果一个他碰见一个她，
走过山间小道，
如果一个他吻了一个她，
别人哪用知道！

[合唱] 呵，珍妮是可怜的人儿，
珍妮哭得悲哀。
她拖着长裙，

走过麦田来。

（王佐良 译）

Coming Thro' The Rye

by Robert Burns

Coming thro' the rye, poor body,

Coming thro' the rye,

She draiglet a' her petticoatie

Coming thro' the rye.

O, Jenny's a' wat, poor body;

Jenny's seldom dry;

She draiglet a' her petticoatie

Coming thro' the rye.

Gin a body meet a body

Coming thro' the rye,

Gin a body kiss a body -

Need a body cry?

Gin a body meet a body

Coming thro' the glen,

Gin a body kiss a body -

Need the warld ken?

在王佐良先生的译本里，"你要是在麦田里遇到了我"被比较直截地译作"如果一个他碰见一个她，走过麦田来"，更有原文那种民歌的语感。原文里这一句是 Gin a body meet a body / Coming thro' the rye，"gin"是苏格兰口语，相当于标准英语里的"could"。

每次当我谈到这首诗的时候，总是有人迫不及待地指出我的"错误"——因为另一个版本的《走过麦田来》已经深入人心了，那是漂亮得多的一首诗，也完全切合《麦田里的守望者》的意境，当然，也是罗伯特·彭斯写的：

这里不是家
你却是生长根茎的影子
习惯把自己养在金黄的梦里
我在你的世界练习降落
不谈金钱 权力和性
只开着一扇干净的窗户
折射低飞的阳光

我们成了假模假式中
两尾漏网的鱼
不能跳舞不能唱歌不能暴露
在这个季节
我们适合坐在锋芒的背后

幻想给世界灌输一点点酒精

你要是在麦田里遇到了我
我要是在麦田里遇到了你
我们要是看到很多孩子
在麦田里做游戏
请微笑请对视
态度都浮在生活的措辞里
我们都活在彼此的文字里

　　我还特地上网查了一下，果然已经假作真时真亦假了，绝大多数资料里所谓《麦田里的守望者》的诗歌母本都是上面这首，甚至百科性质的资料里也这么讲。事实上，这首诗的措辞完全是从《麦田里的守望者》脱胎来的，甚至包括"假模假式"这种霍尔顿爱说的口语。任何只要稍稍熟悉罗伯特·彭斯的人都会相当肯定地说：这种风格的诗歌绝对不会是彭斯写的。至于它的真正作者，我想，也许是某个中国本土的诗歌爱好者吧。

奥登

（ Wystan Hugh Auden，1907 — 1973 ）

/

/

/

英国左翼青年作家的领袖，新诗的代表，开创了许多全新的英诗形式。他在诗歌史上的地位如此重要，以至于人们用"奥登派"或"奥登一代"来称呼与他同时代的诗人。奥登曾写下诗句"我们必须相爱否则死亡"，但深思熟虑之后，又改为"我们必须相爱而且死亡"。纵观奥登一生，正是从"我们必须相爱否则死亡"，到"我们必须相爱而且死亡"；从笃信爱是拯救世界的良方，到明白爱是生存的唯一方式；从告诫人们爱是对抗死亡的武器，到宣示爱与死是同一宿命的不同两面；从要么爱要么死，到除了爱，别无选择。

15 宿命与爱

我以为爱可以永远，但我错了。

不再需要星星了，把它们都摘掉吧，

包起月亮，拆掉太阳，

倒掉大海，扫清森林，

因为现在一切都没有意义了。

——奥登《葬礼蓝调》

1.

大学时候，老师曾让我们讨论一个相当振奋人心的话题：如果你中了五百万，你会做什么？

我会做什么呢？当然是买一栋大房子，和最好的朋友一起欢天喜地住进去。我们有足够的书，足够的美剧，足够的方便面、火腿肠、鸡蛋和蔬菜，我们从此足不出户，忘记外面所有人的存在。外面的人也最好忘记我们的存在，如果有人表示惋惜，我要告诉他："喂！别伤心，不是你们抛弃了我们，而是我们抛弃了你们。"我们将与花花世界井水不犯河水，我们对时间的挥霍无度不会影响现代化的进程，而它轰隆隆的节奏也不能改变我们的心跳。

那时候我还很天真，以为只要有足够的经济保障，生活就可以这样。

其他同学的答案比起我的答案来更为惊心动魄，而至今仍然令我印象深刻的却只有一个，那是丁坦的回答。他说，他会毫不犹豫地将五百万扔到河里，不会让这个偶然的幸运影响自己平和的心境。

你以为这是一个很矫情的回答吗？不，丁坦是认真的，就像他对待任何事情一样。

丁坦是一个人们口中的"官二代"，无论过去、现在还是将来，他从来不缺钱，五百万在他心里连最细小的兴奋感都激荡不起，但这并不说明他是人们刻板印象中的那种纨绔子弟。恰恰相反，丁坦心地善良、成绩优异，浑身上下散发着一种与众不同的良好气质。最重要的是，你完全可以放下所有防备同他坦诚交往，不必担心他算计你什么——还算计什么呢？该拥有的他都已拥有。如果真的有什么"上帝的宠儿"，那一定是丁坦这样的人。

自然，像丁坦这样的人，从来不乏浪漫与梦想。他关于未来的计划，可以从 A 数到 Z。但谁也没有料到，毕业时他放弃了那些特立独行的念头，依着父母的意思，去欧洲最富庶的一个国家留学。订好机票那天，一贯温文尔雅的他将刚喝空的啤酒易拉罐狠狠扔在地上，踩了又踩。他说，父母根本不是因为什么"必要"才送他去留学，仅仅是因为父母的同事都将子女送出去留学，如果单单自己不去，父母会抬不起头来。为了父母的面子，他才被迫留学。

我出于礼貌安慰他几句，说者无心，听者也无意。讲实话，对于他的"不幸"，我实在没法感同身受。

那时的我，刚刚在一家不大不小的公司找了份不痛不痒的工作，工作内容枯燥到我还未正式入职，壮怀就不再激烈。而那份工作的薪水，就算我不吃不喝存满十年，也不足够让我去美丽的欧罗巴留学。大学毕业是一件相当残酷的事，你以为我是在说和朋友各奔东西吗？错了，我是在说从理想堕入凡尘。

在我看来，他前程似锦。他的悲伤，我想拥有，可我没有能力拥有。

后来仔细想想，我和丁坦也还是有一点共同之处的：如果说在我的身上套着一副粗笨的铁枷锁的话，那么，他这个含着金汤匙出生的人，身上又何尝没套着一副金枷锁呢？更有许多我们摆脱不了的东西：我们为什么要被欲望左右？我们为什么要被困在一个叫作"时代"的牢笼里？我们为什么总要顺着一个时代哪怕最荒谬的风气行事？究竟有什么使我们真正成为自己？人们费尽心机争夺的一切，难道都只不过是把铁枷锁换作银枷锁、金枷锁的努力吗？

2.

有时我会想，如果把所有人的生平梗概都汇总起来，以不同的颜色来标识一个人不同的选择与际遇，那么最后会有多少种颜色重叠在一起呢？我们彼此之间，比我们想象的更少不同。正如在一个从没养过狗的人看来，所有的萨摩耶都是一模一样的。而它们的主人，却看到了太多的差异。

如果把一个人的生平梗概镌刻成他的墓志铭，也许一篇墓志铭就足以适用于千百位死者。诗人奥登就写过这样的一篇，叫作《无名的公民：献给 JS/07 M 378，该大理石纪念碑为本州所立》：

他被统计局发现是

一个官方从未指摘过的人，

而且所有有关他品行的报告都表明：

用一个老式词儿的现代含义来说，他是个圣徒，

因为他所作所为都为一个更大的社会服务。

除了战时，直到退休

他都在一家工厂干活，从未遭到辞退，

而且他的雇主——福济汽车公司始终满意。

他并不拒绝加入工会，观点也不怪奇，

因为他的工会认为他会按期缴费，

（关于他所属工会我们的报告显示是可信的）

我们的社会心理学工作者发现，他很受同事欢迎，也喜欢喝上几杯。

新闻界深信他每天买份报纸，并且对那上面的广告反应正常。

他名下的保险单也证明他已买足了保险，

他的健康证上写着住过一次院，离开时已康复。

生产者研究所和高级生活部都宣称

他完全了解分期付款购物的好处，

并拥有一个现代人必需的一切：

留声机，收音机，小汽车，电冰箱。

我们的舆论研究者甚感满意，

他能审时度势提出恰当的看法：

和平时拥护和平，战时就去打仗。

他结了婚，为全国人口添了五个孩子，

我们的优生学家说这对他那一代父母正好合适。

我们的教师报告也说他从不干预子女教育。

他自由吗？他幸福吗？这个问题太可笑：

如果真有什么错了，我们当然知道。

（范倍 译）

The Unknown Citizen

This Marble Monument Is Erected by the State

by W. H. Auden

He was found by the Bureau of Statistics to be

One against whom there was no official complaint,

And all the reports on his conduct agree

That, in the modern sense of an old-fashioned word, he was a saint,

For in everything he did he served the Greater Community.

Except for the War till the day he retired

He worked in a factory and never got fired,

But satisfied his employers, Fudge Motors Inc.

Yet he wasn't a scab or odd in his views,

For his Union reports that he paid his dues,

(Our report on his Union shows it was sound)

And our Social Psychology workers found

That he was popular with his mates and liked a drink.

The Press are convinced that he bought a paper every day

And that his reactions to advertisements were normal in every way.

Policies taken out in his name prove that he was fully insured,

And his Health-card shows he was once in hospital but left it cured.

Both Producers Research and High-Grade Living declare

He was fully sensible to the advantages of the Installment Plan

And had everything necessary to the Modern Man,

A phonograph, a radio, a car and a Frigidaire.

Our researchers into Public Opinion are content

That he held the proper opinions for the time of year;

When there was peace, he was for peace; when there was war, he went.

He was married and added five children to the population,

Which our Eugenist says was the right number for a parent of his generation.

And our teachers report that he never interfered with their education.

Was he free? Was he happy? The question is absurd:

Had anything been wrong, we should certainly have heard.

　　奥登的这首《无名的公民》简直可以让我们按图索骥，少年时各种飞扬的幻想在成年之后看来也无非就是这样。即便每一个我们自以为的选择，究竟又有几分自我？在商业社会里我们拜金，在宗教社会里我们虔信，而那些看似操控着、影响着我们的人，他们究竟又有几分自我呢？在我们看过了越来越多的婚礼和越来越多的葬礼，看过史学家的档案和人类学家的民族志，除了一株株的风中芦苇，我们还看到了什么呢？

3.

1994 年，一本小小的诗集在英国奇妙地走红起来，它的题目叫作《告诉我爱情的真谛：奥登诗选》，久已淡出大众视野的现代派诗人奥登竟然掀起了一轮新的阅读兴趣。

原因其实简单，《四个婚礼和一个葬礼》这部电影就是在那一年热映的，奥登的情诗《葬礼蓝调》，一首在爱人的葬礼上朗诵的悼词，相当醒目地被引用在影片当中。

这真是一种堪称经典的大众文化传播模式，就像中国读者因为幾米才知道了辛波丝卡、因为电影《非诚勿扰》才知道仓央嘉措一样。奥登其实离我们并不太远，他甚至在"二战"期间来过中国，在实地走访过中国战场之后，以这个题材写下了一组令人触目惊心的十四行诗，成为中国当时九叶派诗人倾心模仿的对象。所以，如果你读过穆旦和杜运燮的诗，那么你其实已经嗅到过奥登的气味了。

只是，当年深深影响过穆旦和杜运燮那一代人的诗，奥登那些于血淋淋中亲历亲见的战争题材的诗，随着战争的结束便很快地被人遗忘了；也渐渐没人记得奥登曾经是一个"左翼诗人"，以至于被那位成功预见了"1984"和"动物农庄"的乔治·奥威尔讥讽为少不更事。一切曾让奥登看重的东西，一切曾使他满怀激情的东西，一切真实地呼啸在耳边的枪林弹雨和曾经燃烧在每一片晚霞上的理想主义，不经意间全都变成了无足轻重的东西。如今的奥登只是一个爱情诗人，他的诗句混杂在电影院里那一片咀嚼爆米花的声音里，在时尚杂志里偶尔露一露头，他的仿宋字体的名字有时会攀龙附凤地缀在黑体字的村上春树和郭敬明的下边，就像大型超市里那些仅仅为了"凑个品种"的可怜商品一般。人们忘记了曾经有个时代就以他的名字命名，那时候的诗人都被称作"奥登一代"的诗人。

宿命一般地，我们又只需要浅浅的爱情、浅浅的伤感和矫揉造作的优雅，重的永远沉入海底，轻的永远飘浮云上。"他自由吗？他幸福吗？"每一个无名的公民，都不过是乘着时代浮云的一粒尘埃。但这的确是幸福的飘浮，当我们唯一关注爱情的时候，我们的身上便不再有铁的锁链，而换上了银质或金质的锁链。

然后，我们会喜欢上哀悼爱情，因为我们喜欢沉浸在甜蜜的悲哀里，在爱的完满与爱的缺憾中落泪，诵读这首《葬礼蓝调》，用悲哀装饰幸福：

> 停止所有的时钟，切断电话，
> 给狗丢一根带肉的骨头，让它别叫，
> 让钢琴静下来，还有鼓，
> 抬出灵柩，让哀悼者前来。
> 让飞机在头顶盘旋哀鸣，
> 草草在天空写下：他死了。
> 把黑纱系在鸽子的脖颈，
> 让交警戴上黑色的棉线手套。
> 他曾是我的北，我的南，我的东，我的西，
> 是我的工作日和我的星期天，
> 是我的月亮，我的午夜，我的谈话，我的歌，
> 我以为爱可以永远，但我错了。
> 不再需要星星了，把它们都摘掉吧，
> 包起月亮，拆掉太阳，

倒掉大海，扫清森林，

因为现在一切都没有意义了。

Funeral Blues

by W. H. Auden

Stop all the clocks, cut off the telephone,

Prevent the dog from barking with a juicy bone,

Silence the pianos and with muffled drum

Bring out the coffin, let the mourners come.

Let aeroplanes circle moaning overhead

Scribbling on the sky the message: He Is Dead,

Put crepe bows round the white necks of the public doves,

Let the traffic policemen wear black cotton gloves.

He was my North, my South, my East and West,

My working week and my Sunday rest,

My noon, my midnight, my talk, my song;

I thought that love would last for ever; I was wrong.

The stars are not wanted now: put out every one;

Pack up the moon and dismantle the sun;

Pour away the ocean and sweep up the wood,

For nothing now can ever come to any good.

这不再是古典的情歌了，句子里夹杂着"飞机""交警"这样的在传统意义上似乎不可入诗的字眼，但奥登遣词造句肆无忌惮。这是一种不加任何掩饰的哀悼，直言不讳，用最直接的语言和最直接的意象，语无伦次地说着一个诗人在永失所爱时所能想到的一切疯话。

认真想想，若是连作为爱情诗人的奥登也一并被人忘了，若是连爱情也在一曲《葬礼蓝调》之后宣告失守，宿命究竟还给我们留下了什么呢？

[诗艺小札]

英雄双韵体（the heroic couplet）

　　抑扬格五音步的诗行叫作英雄诗行（the heroic verse），如果每两行押一个尾韵，就叫作英雄双韵体（the heroic couplet）。这种体裁始终是每两句一换韵，而且不分诗节，读起来颇有民谣的味道，在今天看来似乎不够雅驯。奥登这首《葬礼蓝调》用的就是英雄双韵体，声调相当硬朗，透着几分不羁。

　　英雄双韵体是一种相当古老的诗体。文学史意义上的英国第一位大诗人，生活在 14 世纪的乔叟，他的名作《坎特伯雷故事集》就是用英雄双韵体写成的。

罗伯特·格雷弗斯

（Robert Graves，1895 — 1985）

/

/

/

英国作家，创作题材十分广泛，涉及诗歌、小说、杂文、文学批评与神话研究等各个方面。而令格雷弗斯名扬于世的，是他的战争诗。与别的战争诗人一样，格雷弗斯致力于反映战争的血腥残酷；但与别的战争诗人不一样，格雷弗斯总能于最绝望处发现温馨的花。比如壕沟里鲜血横流，而人在长期凝视红色之后，将视线移向别处时会看见绿色，这一人人都会产生的视觉差，在格氏笔下便成了血泊中倒映着橄榄枝；战场上枪炮喷射，格氏特地选择用"shoot and open"来表达，因为这组词，还代表树木抽出嫩芽；早已异化为杀人机器的老兵，格氏让他在临死前说出的最后一句话，不是诅咒，而是"妈妈"。其实，格雷弗斯很有诅咒的资格，从第一次世界大战战场归来，他便患上了精神分裂，以及终生不愈的残疾。

16 因为我还没有听到
波斯人的说法

爱好真理的波斯人不多谈
在马拉松打的小小前哨战。

——罗伯特·格雷弗斯《波斯人的说法》

1.

小时候阅读的东西往往会伴随你的一生，悄无声息地塑造着你看待世界的眼光。你的某个最自然而然的反应，你从未想过它是从什么时候起，又是因为什么才出现在你身上的，要想也往往想不起来，但是，它的出现，一定是有时间、有地点、有原因的。

直到前不久我闲翻一本英国诗集，读到罗伯特·格雷弗斯的一首《波斯人的说法》（*The Persian Version*），先是觉得似曾相识，随后突然想起，这首诗是我在小时候就读过的，也许是小学五六年级，也许是初中，某一次乱翻大人的书架，就翻出了这首诗来；那时候完全看不懂，找大人问，才模模糊糊地知道了是怎么回事。

那首诗千真万确地影响了我，而我后来竟然把它忘了，对它的影响力

194

也一直浑然不觉，直到重新唤醒这段记忆时才恍然想起。为什么这一辈子总有人说我想法古怪，原来这首诗就是罪魁祸首之一啊。

2.

罗伯特·格雷弗斯是 20 世纪的一位英国诗人，《波斯人的说法》讲的其实是一个西方人耳熟能详的故事：

> 爱好真理的波斯人不多谈
> 在马拉松打的小小前哨战。
> 至于希腊人夸张的传说，
> 把那个夏天的一次搜索，
> 一次武装的侦察行动，
> 不过用了三旅步兵一旅骑军，
> （作为他们左翼的支援，
> 只有从大舰队抽出的几条老式小船）
> 把这些说成是对希腊的大举侵略
> 而且陷于大败——他们认为不值一驳；
> 偶然提起了，他们不承认
> 希腊人说的主要几点，只着重
> 那是一次有益的练兵，
> 给波斯皇帝和民族带来的英名：
> 面对坚强的防御和不利的气候，

诸兵种协同作战，形成百川汇流！

（王佐良 译）

The Persian Version

by Robert Graves

Truth-loving Persians do not dwell upon

The trivial skirmish fought near Marathon.

As for the Greek theatrical tradition

Which represents that summer's expedition

Not as a mere reconnaisance in force

By three brigades of foot and one of horse

(Their left flank covered by some obsolete

Light craft detached from the main Persian fleet)

But as a grandiose, ill-starred attempt

To conquer Greece - they treat it with contempt;

And only incidentally refute

Major Greek claims, by stressing what repute

The Persian monarch and the Persian nation

Won by this salutary demonstration:

Despite a strong defence and adverse weather

All arms combined magnificently together.

每个人都知道这个故事，希腊联军如何英勇地抵抗波斯帝国的大举入侵，马拉松战役如何是一场意义深远的伟大胜利（以至于世界今天还用马拉松长跑来纪念它），但是，这只是希腊人的说法，波斯人可不是这么讲的。

波斯人说，这只是一次小得不能再小的武装冲突，是波斯人的一次军事演练，希腊人竟然夸张到什么什么战役、什么什么大捷的程度，真是不值一驳。胜利的一方当然还是波斯人，也只能是波斯人，这难道还会有什么争议不成？

历史上的波斯人是不是真的这么讲，这对诗人来说并不重要，重要的是其实任何事情都存在着"波斯人的说法"，只看我们是否愿意去听，或者能否有机会听到。我们的世界是无数罗生门的交叠，而人们不是各执一词，就是各自坚信自己唯一听说过的"一词"。

读我们的历史书，比如看到汉朝远征匈奴的赫赫武功，我很想听听匈奴人是怎么说的，看看他们的史书如何记载同样的那一段历史。但匈奴人没有文字，我们永远也不会知道"匈奴人的说法"。史书里屡屡记载狡诈的将军用百姓的头颅虚报战功，是的，这都是残忍而无耻的欺骗，但这些欺骗真的全都暴露了吗，真的从来不曾瞒过上级的眼睛和史官的笔墨吗？如果我们当真听到了"波斯人"的说法，仔细地分析每一个细节和每一种逻辑，我们还会在多大程度上坚信那些白纸黑字上的辉煌呢？

就这样，在读过《波斯人的说法》，我似乎自觉不自觉地戴上了一副怀疑的眼镜，这一定不是什么好事，因为我再也无法像从前一样对很多事情燃起不假思索的激情了，也就没法和同学们、朋友们、相识或不相识的人们一起为同一件事情分享激动的情绪。我的感觉变迟钝了，越来越不爱下判断了。我会希望希腊人和波斯人公开辩论，而我们即使看不到现场，至少也有机会看到现场直播，听那些没有遮拦、没有剪辑的声音。

但这一定并不轻松，或许也不是很对。如果可以去问问写诗的格雷弗斯自己，他也许会说：既然你是希腊人，那就只听希腊人的说法好了，这不是既很方便也很合群吗？

高明的诗人并不表态，只是向我们平静的心湖里投下一颗石子，激起一阵涟漪。

3.

在聊起这个话题的时候，一个朋友对我的天真有点不以为然："你以为别人都不曾想过这世上还存在着波斯人的说法吗？不，想听听波斯人的说法，这只是出于最基本的理性和最正常的好奇心，但是，不听波斯人的说法，至少坚持希腊人的说法，这才是智慧。"

也许真是这样的，我想起阿尔贝·加缪的戏剧《正义者》。几个俄罗斯的革命青年正在秘密谈话，乌瓦诺夫说："记得上大学的时候，因为不善于掩饰，我常受到同学的嘲笑。我怎么想就怎么说，最后学校把我开除了。"斯切潘问："为什么？"乌瓦诺夫说："上历史课的时候，老师问我，彼得大帝是怎样建造起圣彼得堡的。"斯切潘说："问得好。"乌瓦诺夫说："用鲜血和皮鞭建造起来的，我回答说。于是，我被开除了。"

卡尔·桑德堡

（Carl Sandburg，1878 — 1967）

/

/

/

美国诗人、传记作者和新闻记者，被誉为"人民的诗人"。桑德堡一方面沿袭了惠特曼的传统；另一方面，他又积极投身于诗歌革命，成为意象派诗人的杰出代表。桑德堡的一生中，绝大部分时间不是生活在社会底层，就是在与社会底层深切接触，因此他描写的都会，肮脏、丑陋、饥饿、贫穷丛生。城市病入膏肓，污水横流的大街小巷就像是一条条发黑的血管。但桑德堡诗作的价值就在于，他让你看到：那些血管流淌着罪恶，也流淌着希望与力量。

17 猫与踩着
小猫脚步的雾

雾来了，

踩着小猫的脚步。

——卡尔·桑德堡《雾》

1.

应该还有人记得电影《死亡诗社》（*Dead Poets Society*）里的这样一个情节：基廷老师布置语文作业，让那些中学生写一首自己的诗。任何第一次总会伴随着一些羞赧和怯意，尤其是在把自己的第一首诗当堂朗读的时候。

诺克斯把头垂得很低，笨拙地读完了自己的诗，关于爱情，大家在笑。"你在笑吗，霍普金斯先生，"基廷老师走到一个学生跟前，"来，上来读读你的诗。"

霍普金斯的"诗"只有一句：猫，坐在垫子上。（The cat sat on the mat.）

哄堂大笑。基廷老师并不发作，仍然用那种欢快的语气说："恭喜你，霍普金斯先生，你的诗会是普利查德量表上第一个得负分的。我们不是笑你，只是在你旁边发笑。我不介意你的诗歌主题太过简单，因为最好的诗有时候写的就是一些最简单的东西，比如一只猫、一朵花，或者雨。诗歌可以来自任何具有启示意义的事物，只是不要写得平庸。"

2.

我喜欢猫，喜欢花，只要我坐在屋子里并且不打算外出的话，我也喜欢雨，尤其是狂风暴雨。我还喜欢雾，我生活在一个多雾的城市，每当我乘坐索道缆车，陷落在江上浓浓的如有实质的雾气里，总感觉像是躲进了一只大猫暖乎乎毛茸茸的怀抱。

这个感觉的铸成，实在要怪罪小时候背熟的一首小诗，卡尔·桑德堡的《雾》：

> 雾来了，
> 踩着小猫的脚步。
>
> 它静静地蹲坐下来
> 眺望海港和城市，
> 然后继续向前。

Fog
by Carl Sandburg

The fog comes

on little cat feet.

It sits looking

over harbor and city

on silent haunches

and then moves on.

　　猫只是平常的动物，雾只是平常的天气，把它们摆在一起却乍现了诗的不凡。从此，我看到了雾的猫儿一般的姿态：轻盈、优雅而神秘，在不知不觉中靠近你，在不知不觉中离你而去。那一种若即若离的美丽。

3.

　　我喜欢桑德堡的小诗，轻轻浅浅，无甚深意，只给人一点酒精和阳光般的倦意和睡意。像这首《迷路》：

　　　　孤凄凄的
　　　　湖面上的整个夜晚，
　　　　雾气慢慢地爬行，
　　　　一艘船的汽笛
　　　　不停地哭嚷，

202

像个迷路的孩子
带着眼泪和委屈
寻找着
港湾的怀抱和目光。

Lost

by Carl Sandburg

Desolate and lone

All night long on the lake

Where fog trails and mist creeps,

The whistle of a boat

Calls and cries unendingly,

Like some lost child

In tears and trouble

Hunting the harbor's breast

And the harbor's eyes.

4.

其实卡尔·桑德堡大多数的诗都不是这样子的。

桑德堡出生在美国伊利诺伊州一个贫穷的移民家庭，13 岁就不得不
打各种零工以维持生计，20 岁参军去了波多黎各，此后也从来没有过固

定职业。他是个"粗俗的美国佬",大嗓门,满嘴俚语,写剽悍的诗。

桑德堡的成名作是 1914 年发表在芝加哥诗刊上的《芝加哥》（*Chicago*），写这座新兴的工业城市如何"为全世界杀猪、制造工具、储存小麦、办铁路、搞货运",写这里涂脂抹粉的女人如何在煤气灯下勾引刚刚进城的农村小伙，歹徒如何拿着杀人的刀子犯下一桩又一桩的罪行。这座窒息在工业烟雾里的城市"满嘴灰尘，露出白色的牙齿大笑",比诗人的修辞更加粗俗不堪；长得让人一口气读不完的句子就像这里的流水线式的工业节奏，又或者是生命力一泻到底的气势，这就是芝加哥，这就是桑德堡。

桑德堡的这一类诗总是充满了平民的天真，像那首《围栏》：

> 湖边的石头房子已经盖好了，工人们开始设置院子的围栏。
> 围栏是铁条做的，顶部的钢尖可以刺死任何试图翻越的人。
> 作为围栏，这真是一件杰作，它足以把那些贱民、流浪汉、饥饿的人和寻找玩耍场所的孩子挡在外边。
> 能够穿过铁条、跳过钢尖的，只有死神、雨水和明天。

A Fence

by Carl Sandburg

Now the stone house on the lake front is finished and the workmen are beginning the fence.

The palings are made of iron bars with steel points that can stab the life out of any man who falls on them.

As a fence, it's a masterpiece, and will shut off the rabble and all vagabonds and hungry men and all wandering children looking for a place to play.

Passing through the bars and over the steel points will go nothing except Death and the Rain and Tomorrow.

这是写一座新建的湖滨别墅的围栏，富人想方设法地把穷人们隔绝在自己的视线之外，但区区一个围栏能起多大的作用呢？它拦不住死神，拦不住风雨，拦不住明天未知的命运。似乎在死亡、风雨和命运面前，人们无论贫富贵贱，都是一律平等的。

上千年来，穷人们总是用这样的话来安慰自己，但这仅仅是美丽的谎言而已。在死神面前，富人会在最好的医疗和护理条件下舒适地死去，穷人却会过早地死于饥寒和病痛，生时无钱治病，死后无钱丧葬。风雨当然可以轻易地穿过围栏，正如它可以轻易地穿过贫民漏风的窗子和漏雨的屋顶；至于"明天"，谚语不是早就说过吗："穷人操心眼前，富人操心明天。"

这些浅显的道理其实谁都懂得，但诗人总还是要把谎言继续编织下去。记得前几年北京沙尘暴的时候，一夜间所有的东西都蒙上了厚厚的一层黄土，于是流传起了一首诗，说只有沙尘暴是公平的，对棚屋和别墅都撒上同样分量的黄土——其实每个人都晓得，同样分量的尘土，别墅承受得住，棚屋却承受不住，但大家还是喜欢这样的诗，喜欢这样的谎言，喜欢这样的"人生哲学"。

1922 年 8 月，卡尔·桑德堡在芝加哥大学做了一场演讲，他那粗大的嗓门以及时而粗豪时而温婉的诗句为整个礼堂笼上了一层幻术般的光彩。他所有的谎言都是那么的美丽动人并且斩钉截铁，容不得人不信。台下的听众里，有一个中国人兴奋得几欲发狂，他体内早已凋萎的诗心突然像快镜头一般地疯长。他叫闻一多，他狂喜地倾听，却又焦急地想要离开，因为他看到了自己的梦，迫不及待地要把它告诉所有的人。

　　我们喜欢造梦的艺术，让梦带我们脱离龇牙咧嘴的残酷现实。而高明的诗人总是高明的骗子，赐予我们热血澎湃的美梦。

兰波

（Arthur Rimbaud，1854 — 1891）

/

/

/

法国诗人，超现实主义诗歌的鼻祖，又被称为"第一位朋克诗人""垮掉派先驱"。兰波的人生像是用搅拌机做过处理，童年、青年、中年各个部分被打碎了混合在一起，他没有从青涩到成熟、从幼稚到深谙世事这样植物般的成长过程。最初的兰波就等于最后的兰波，兰波的辞典里没有"蜕变"一词。因此，他直至 30 岁还有"我哭。我看见黄金，却不能饮下"的天真，而"你总得去通过考试，而你得到的工作要么是擦鞋，要么是放牛，要么是赶猪。谢天谢地，我一样也不想要，去他妈的！"这样宏伟的人生规划，他在 10 岁就已定下。

18 找到一只
醉舟逍遥向海

1.

那是我第一次乘船，在乌江上。

乘硕大的客轮行过窄窄的乌江，在秋水时至、百川灌河的季节，看着舷窗外的夜色拉近了对岸的峭壁。既然知道自己不会东行北海，便索性感受起河伯的欣然自喜。舷窗里的灯光像是为传奇中的名士特别准备的，该是钱牧斋苍颜皓首地坐在这里，与青丝绿鬓的河东君一道，在两岸乱山如剑戟的逼仄里吟着知其不可而为之的诗句。

"埋没英雄芳草地，耗磨岁序夕阳天。洞房清夜秋灯里，共简庄周说剑篇。"不错，乌江自是谈兵说剑的理想所在，于是他们召唤着多才俊的江东子弟，立下卷土重来的誓，但等到的，却只有东城的风、牛渚的月、滔滔的江水和两岸空荡荡的回声。这是风景最深处的风景，是河山最远处的隐痛，是不舍昼夜地满载着无常兴废的江流。

但是，待到清晨日出，这里便是另外一个乌江了。船头时有激流险滩，两岸出没着奇石古道，让人蓦然间抛掉了一切厚重繁缛的东西，不要说历史，就连昨天都荡然无存了。船上的服务员这时候会特别关照每一个留在舱里的旅客，因为他们例行公事一般地相信，阳光既然已经洒满了乌江画廊，仍然忍在船舱里不肯出来的人一定是身体出了什么状况。纵然是草庵寻来的陶罐里仍点着千家的茶，罗可可的枕巾仍讲着王子和公主的故事，宋朝的哲学仍挤在书包里蠢蠢欲动，但人间的种种文明往事一下子就变得不合时宜起来。

只消方寸的山水，便足以令千年的文明失色。看这一笔才是傅抱石的皴法，那一笔才是吴冠中的朱墨，而你会突然轻信，所有价值千万的纸上陈列都不过是拙劣的赝品，不配在日月星辰的流转中纵横驰突……

那是我第一次生出被风景震慑的感觉。朋友握住船舷的栏杆，任江风胡乱撩起发丝，而后云淡风轻地问我一句：如果可以随意想象的话，接下来最浪漫的场景该是什么？

我以为朋友幻想了一场爱情，一个最后也许厮守终生也许分道扬镳但至少真心真意的故事。但她没有。她一脸神秘地说道，此刻最令她着迷的画面，就是一会儿在江水最湍急的地方遭遇野蛮的土著人，他们手脚敏捷地攀上我们的船，杀掉所有人，劫走所有的财货，然后飘然远遁，把这艘虽然身形庞大却备受委屈的船从人类手里解放出来，让它自由自在地沿江漂流，逍遥入海。

可是，这里哪还有什么野蛮的土著人呢？

我倒是懂得她的心理，就像一个一辈子都被捆绑着的囚徒，平日里早就习惯了束手束脚的生活，一旦绳索稍稍有些松脱，只让他的筋骨感受到一点点放纵的解脱，他便上瘾般地想要挣脱全部的绳索，他再不愿回到原先的日子里，不惜破釜沉舟，鱼死网破。

一点点的自由，突然让人渴望彻底的放纵。

她在幻想里重演着兰波的醉舟，只想听潮水的声音，而对于一切城市的声音，"比玩得入迷的小孩还要聋"。

2.

兰波是在他之后的所有诗人心中的英雄，今天的文学史则把他恭恭敬敬地奉为象征主义的先驱。他的名作《醉舟》今天已经被捧到了法国诗歌史的顶峰，而在当时，它吓坏了法国所有文质彬彬的绅士。那时候，兰波还只是个 17 岁的少年，除了魏尔伦这位有点狂放不羁的长者之外，几乎没有人把这样一个孩子放在眼里。

兰波生长在一个破碎的家庭，父亲早早地离家出走了，母亲则有着一副令整个镇上的人都会谈虎色变的火暴脾气，而兰波，成功地遗传了父母双方的基因，他是一切秩序最大胆的叛逆者，他身无分文地流浪四方，在写诗、乞讨、逃命的三部曲里度过了无拘无束的青春期。如果你在巴黎的街角上遇到了他，你只会一脸嫌恶地走开，人们总是这样错过自己时代里的诗人。

醉舟其实就是兰波自己，只是这样的气质只有诉诸文字才显出几分迷人的味道，你绝对不会从兰波本人身上看到，你只会看到一头乱蓬蓬的头发、一身脏兮兮的衣服、一张少不更事的脸。

　　《醉舟》里的讲述者，第一人称的"我"，是一只载着佛兰芒小麦和英国棉花的货船，它叙述自己在河上遭遇了印第安人的抢劫，纤夫被他们钉死在五彩的柱子上，水手们或者死了，或者逃了，再没有把着舵掌控自己方向的人。河水用河岸护着它，让它随意漂流，无牵无挂，它玩得尽兴，全不在意风暴的手臂和灯塔的眼睛。像一只漂流瓶，它漂出了河口，漂进了大海，见到了人们只能幻想的奇景。那里就连束缚它的河岸也没有了，它的龙骨终将折断在无际中的某个地方，它的身体也终将葬身海底。这是多好的归宿。它会怀念它的家乡欧洲，但并不怀念从前的生活——在固定的航道上、在傲慢的彩色旗下、在监狱船可怕的眼睛下的生活，它只怀念一个如此细小的场景：在那黑冷的小水洼，到芳香的傍晚，一个满心悲伤的小孩蹲在水边，放一只脆弱得像蝴蝶般的小船。诗歌到此突然从狂放转入伤感，水洼里的纸船和汪洋中的醉舟，它们的影像重叠在了一起，它们彼此道出了对方的脆弱，彼此预示了对方的宿命：

　　　　当我顺着无情河水自由流淌，
　　　　我感到纤夫已不再控制我的航向。
　　　　吵吵嚷嚷的红种人把他们捉去，
　　　　剥光了当靶子，钉在五彩桩上。

　　　　所有这些水手的命运，我不管它，
　　　　我只装运佛兰芒小麦、英国棉花。
　　　　当纤夫们的哭叫和喧闹消散，
　　　　河水让我随意漂流，无牵无挂。

我跑了一冬，不理会潮水汹涌，
比玩得入迷的小孩还要聋。
只见半岛们纷纷挣脱了缆绳，
好像得意扬扬的一窝蜂。

风暴祝福我在大海上苏醒，
我舞蹈着，比瓶塞子还轻，
在海浪——死者永恒的摇床上
一连十夜，不留恋信号灯的傻眼睛。

绿水渗透了我的杉木船壳——
清甜赛过孩子贪吃的酸苹果，
洗去了蓝的酒迹和呕吐的污迹，
冲掉了我的铁锚、我的舵。

从此，我就沉浸于大海的诗——
海呀，泡满了星星，犹如乳汁；
我饱餐青光翠色，其中有时漂过
一具惨白的、沉思而沉醉的浮尸。

这一片青蓝和荒诞以及白日之火
辉映下的缓慢节奏，转眼被染了色——
橙红的爱的霉斑在发酵、在发苦，
比酒精更强烈，比竖琴更辽阔。

我熟悉在电光下开裂的天空，
狂浪、激流、龙卷风；我熟悉黄昏
和像一群白鸽般振奋的黎明，
我还见过人们只能幻想的奇景！

我见过夕阳，被神秘的恐怖染黑，
闪耀着长长的紫色的凝晖，
照着海浪向远方滚去的微颤，
像照着古代戏剧里的合唱队！

我梦见绿的夜，在炫目的白雪中
一个吻缓缓地涨上大海的眼睛，
闻所未闻的液汁的循环，
磷光歌唱家的黄与蓝的觉醒！

我曾一连几个月把长浪追赶，
它冲击礁石，恰像疯狂的牛圈，
怎能设想玛丽亚们光明的脚
能驯服这哮喘的海洋的嘴脸！

我撞上了不可思议的佛罗里达，
那儿豹长着人皮，豹眼混杂于奇花，
那儿虹霓绷得紧紧，像根根缰绳

213

套着海平面下海蓝色的群马！

我见过发酵的沼泽，那捕鱼篓——
芦苇丛中沉睡着腐烂的巨兽；
风平浪静中骤然大水倾泻，
一片远景像瀑布般注入涡流！

我见过冰川、银太阳、火炭的天色，
珍珠浪、棕色的海底的搁浅险恶莫测，
那儿扭曲的树皮发出黑色的香味，
从树上落下被臭虫啮咬的巨蛇！

我真想给孩子们看看碧浪中的剑鱼——
那些金灿灿的鱼，会唱歌的鱼；
花的泡沫祝福我无锚而漂流，
语言难以形容的清风为我添翼。

大海——环球各带的疲劳的受难者
常用它的呜咽温柔地摇我入梦，
它向我举起暗的花束，透着黄的孔，
我就像女性似的跪下，静止不动……

像一座浮岛满载金黄眼珠的鸟，
我摇晃着一船鸟粪、一船喧闹。

我航行，而从我水中的缆绳间，
浮尸们常倒退着漂进来小睡一觉！……

我是失踪的船，缠在大海的青丝里，
还是被风卷上飞鸟不到的太虚？
不论铁甲舰或汉萨同盟的帆船，
休想把我海水灌醉的骨架钓起。

我自由荡漾，冒着烟，让紫雾导航，
我钻破淡红色的天墙，这墙上
长着太阳的苔藓、穹苍的涕泪——
这对于真正的诗人是精美的果酱。

我奔驰，满身披着电光的月牙，
护送我这疯木板的是黑压压的海马；
当七月用棍棒把青天打垮，
一个个灼热的漏斗在空中挂！

我全身哆嗦，远隔百里就能听得
那发情的河马、咆哮的漩涡，
我永远纺织那静止的蔚蓝，
我怀念着欧罗巴古老的城垛！

我见过星星的群岛！在那里，

狂乱的天门向航行者开启：
"你是否就睡在这无底深夜里——
啊，百万金鸟？啊，未来的活力？"

可是我不再哭了！晨光如此可哀，
每个太阳都苦，每个月亮都坏。
辛辣的爱使我充满醉的昏沉，
啊，愿我龙骨断裂！愿我葬身大海！

如果我想望欧洲的水，我只想望
那黑而冷的小水洼，到芳香的傍晚，
一个满心悲伤的小孩蹲在水边，
放一只脆弱得像蝴蝶般的小船。

波浪啊，我浸透了你的颓丧疲惫，
再不能把运棉轮船的航迹追随，
从此不在傲慢的彩色旗下穿行，
不在监狱船可怕的眼睛下划水！
（飞白　译）

Le Bateau ivre

by Arthur Rimbaud

Comme je descendais des Fleuves impassibles,

Je ne me sentis plus guidé par les haleurs:

Des Peaux-Rouges criards les avaient pris pour cibles,

Les ayant cloués nus aux poteaux de couleurs.

J'étais insoucieux de tous les équipages,

Porteur de blés flamands ou de cotons anglais.

Quand avec mes haleurs ont fini ces tapages,

Les Fleuves m'ont laissé descendre où je voulais.

Dans les clapotements furieux des marées,

Moi, l'autre hiver, plus sourd que les cerveaux d'enfants,

Je courus! Et les Péninsules démarrées

N'ont pas subi tohu-bohus plus triomphants.

La tempête a béni mes éveils maritimes.

Plus léger qu'un bouchon j'ai dansé sur les flots

Qu'on appelle rouleurs éternels de victimes,

Dix nuits, sans regretter l'oeil niais des falots!

Plus douce qu'aux enfants la chair des pommes sûres,

L'eau verte pénétra ma coque de sapin

Et des taches de vins bleus et des vomissures

Me lava, dispersant gouvernail et grappin.

Et dès lors, je me suis baigné dans le Poème

De la Mer, infusé d'astres, et lactescent,

Dévorant les azurs verts ; où, flottaison blême

Et ravie, un noyé pensif parfois descend ;

Où, teignant tout à coup les bleuités, délires

Et rhythmes lents sous les rutilements du jour,

Plus fortes que l'alcool, plus vastes que nos lyres,

Fermentent les rousseurs amères de l'amour!

Je sais les cieux crevant en éclairs, et les trombes

Et les ressacs et les courants : je sais le soir,

L'Aube exaltée ainsi qu'un peuple de colombes,

Et j'ai vu quelquefois ce que l'homme a cru voir!

J'ai vu le soleil bas, taché d'horreurs mystiques,

Illuminant de longs figements violets,

Pareils à des acteurs de drames très antiques

Les flots roulant au loin leurs frissons de volets!

J'ai rêvé la nuit verte aux neiges éblouies,

Baiser montant aux yeux des mers avec lenteurs,

La circulation des sèves inouïes,

Et l'éveil jaune et bleu des phosphores chanteurs!

J'ai suivi, des mois pleins, pareille aux vacheries

Hystériques, la houle à l'assaut des récifs,

Sans songer que les pieds lumineux des Maries

Pussent forcer le mufle aux Océans poussifs!

J'ai heurté, savez-vous, d'incroyables Florides

Mêlant aux fleurs des yeux de panthères à peaux

D'hommes! Des arcs-en-ciel tendus comme des brides

Sous l'horizon des mers, à de glauques troupeaux!

J'ai vu fermenter les marais énormes, nasses

Où pourrit dans les joncs tout un Léviathan!

Des écroulements d'eaux au milieu des bonaces,

Et les lointains vers les gouffres cataractant!

Glaciers, soleils d'argent, flots nacreux, cieux de braises!

Échouages hideux au fond des golfes bruns

Où les serpents géants dévorés des punaises

Choient, des arbres tordus, avec de noirs parfums!

J'aurais voulu montrer aux enfants ces dorades

Du flot bleu, ces poissons d'or, ces poissons chantants.

Des écumes de fleurs ont bercé mes dérades

Et d'ineffables vents m'ont ailé par instants.

Parfois, martyr lassé des pôles et des zones,

La mer dont le sanglot faisait mon roulis doux

Montait vers moi ses fleurs d'ombre aux ventouses jaunes

Et je restais, ainsi qu'une femme à genoux,

Presqu'île, ballottant sur mes bords les querelles

Et les fientes d'oiseaux clabaudeurs aux yeux blonds.

Et je voguais, lorsqu'à travers mes liens frêles

Des noyés descendaient dormir, à reculons!

Or moi, bateau perdu sous les cheveux des anses,

Jeté par l'ouragan dans l'éther sans oiseau,

Moi dont les Monitors et les voiliers des Hanses

N'auraient pas repêché la carcasse ivre d'eau ;

Libre, fumant, monté de brumes violettes,

Moi qui trouais le ciel rougeoyant comme un mur

Qui porte, confiture exquise aux bons poètes,

Des lichens de soleil et des morves d'azur ;

Qui courais, taché de lunules électriques,

Planche folle, escorté des hippocampes noirs,

220

Quand les juillets faisaient crouler à coups de triques

Les cieux ultramarins aux ardents entonnoirs ;

Moi qui tremblais, sentant geindre à cinquante lieues

Le rut des Béhémots et les Maelstroms épais,

Fileur éternel des immobilités bleues,

Je regrette l'Europe aux anciens parapets!

J'ai vu des archipels sidéraux! et des îles

Dont les cieux délirants sont ouverts au vogueur :

Est-ce en ces nuits sans fonds que tu dors et t'exiles,

Million d'oiseaux d'or, ô future Vigueur?

Mais, vrai, j'ai trop pleuré! Les Aubes sont navrantes.

Toute lune est atroce et tout soleil amer :

L'âcre amour m'a gonflé de torpeurs enivrantes.

Oh que ma quille éclate! Oh! que j'aille à la mer!

Si je désire une eau d'Europe, c'est la flache

Noire et froide où vers le crépuscule embaumé

Un enfant accroupi plein de tristesse, lâche

Un bateau frêle comme un papillon de mai.

Je ne puis plus, baigné de vos langueurs, ô lames,

Enlever leur sillage aux porteurs de cotons,

Ni traverser l'orgueil des drapeaux et des flammes,

Ni nager sous les yeux horribles des pontons.

3.

诗人们总爱说一些真诚的谎话，并深谙夸张的艺术，所以，若一个诗人诵出"喂马劈柴，周游世界"这一类美丽的句子，你最有可能遇见他的地方恐怕还是在城市的咖啡馆里。诗人和我们凡人一样，用诗歌为自己造梦，用浪游的想象超越沉重的肉身。

但兰波例外。在他写出《醉舟》之后，真的像醉舟一样浪游大地去了。他依然没有钱，人们的口中依然没有传播他的诗名，他只是一名普普通通的流浪汉。终于连欧洲也满足不了他的醉舟般的心，他竟然参加了荷兰雇佣军开赴爪哇。雇佣军是有契约束缚的，军队更是有严格纪律的，这都是醉舟的锚、舵、缆绳与岸，可以暂时地羁縻，不能永远地束缚。

他只愿意这样浪游，不需要旅伴，不需要爱，不需要朋友。他在塞浦路斯建造总督府的宫殿，在埃塞俄比亚走私军火，在沙漠里跟随过阿拉伯人的驼队，又随着吉卜赛人的大篷车一路演出。

只有魏尔伦一心惦记着他，在巴黎。

诗人魏尔伦成名已久，甚至还有点德高望重，但那时他是如何真诚地拜服在兰波这个少年诗人的脚下，甘愿抛家舍业，和他一起东渡伦敦。魏尔伦神圣地认识到，自己生活的唯一意义就是陪在兰波的身边，他不懂兰波为什么非要切断所有的缆绳，包括自己最无私的爱。他开枪打伤了兰波，像一个不可理喻的崇拜者一样。

但兰波还是走了，而醉舟式的生活真的如字面上的那般浪漫吗？在一封从也门的亚丁港写给家人的信里，兰波这样说道："我的生活在此是一场真实的噩梦……我很快就 30 岁了（生命的中途！），我已无力在这个世界上徒劳地奔波。"

30 岁并不是兰波生命的中途，不知道这对他来说算不算一件好事。而魏尔伦久久得不到兰波的音讯，以为他已经死了，便编辑出版了他的诗集，整个法国为之轰动。

远在不知何方的异域的兰波不知道自己在家乡已经成为一个"著名诗人"了，他依然浪荡不归，偶尔给家里写一封信，说自己居然赚到了钱，腰上始终缠着八公斤的金法郎。这确实是一笔不小的财富，但他似乎宁可把钱束在腰上，也不肯回来过上中年男人标准的富家翁生活。

在他终于回来的那天，是因为患了肿瘤而被人送回来的，腰上只有一条普通的皮带，却见不到金法郎的影子。那是 1891 年，兰波的手术没有成功，卒年 37 岁。

兰波所有的诗都是在 19 岁之前写成的，到《醉舟》而达到巅峰，19 岁才是他真正的"生命的中途"。19 岁之后的生活是真实的诗，是真实的醉舟的故事，其实并没有什么逍遥和浪漫，就像"一个满心悲伤的小孩蹲在水边，放一只脆弱得像蝴蝶般的小船"。

4.

我和朋友仍在船上，进入重庆酉阳段的 60 公里江面了，在所谓"乌江画廊"里，这就是蒙娜丽莎居住在卢浮宫里的那个位置。似乎无论留在这里多久，都难免生出囫囵吞枣甚至暴殄天物的遗憾，除非置一副钓具，寻一处钓台，从此度过严子陵的山居岁月——时不时搭一艘载着乡党和鸡鸭的客船，为寻一方草药走过光绪年间的 500 米的纤道，在同治朝的无钉廊桥上卖几尾才打上来的叫不出名字的鱼，半卖半送间闲扯着午间的风、晚间的云和镇上首富人家昨天婚礼的排场。

　　但不是这样的，因为我们无比清楚，不会有什么"野蛮的土著人"劫夺我们，不会放逐一艘无人的客轮悠悠入海；而我们，既不会真的住在这里，也不会真的浪游远方，我们只是芸芸众生里最凡俗的两个，一次周末的短途旅游，一首兰波的诗，几处风景，和家里不同的床铺，吹吹风，做做梦，一切都会在明天结束。

瓦尔特·惠特曼

（Walt Whitman，1819 — 1892）

/

/

/

　　美国诗人，创造了诗歌的自由体，他的《草叶集》对于整个英文诗歌来说，不啻一场划时代革命。那么让我们看看，这样一部皇皇巨著为作者本人带来了什么：带来了侮辱，当时的名诗人们要么烧掉《草叶集》要么嘲笑惠特曼是精神病患者，要么两者兼而有之；带来了失业，惠特曼的上司阅读《草叶集》之后，认为作者不道德，坚决辞退了他；带来了孤独，诗歌始终无法得到公正的理解与评价，惠特曼郁郁寡欢，晚年中风瘫痪，伶仃一人在偏僻的小镇死去……现在，再让我们看看，《草叶集》为我们带来了什么——著名演说家英格索尔已在惠特曼的墓前说得很清楚："他活过，他死了，而死已不像从前那样可怕。他所讲述的那些勇敢的话，还会像号角那样向垂死者们响亮地吹奏。"

19 有阳光、空气和土地的地方，就有草叶在疯长

啊，船长！我的船长！

我们完成了惊险的远航……

——瓦尔特·惠特曼《啊，船长！我的船长！》

1.

人总是会高估自己熟悉的东西，也总会以为别人也都像自己一样想。比如我自己，我一直以为在如今这个互联网时代，既然有大量制作精良的美剧可看，那么除了中老年人之外，城市年轻人还有谁会去看国产剧和日韩剧呢？但是，一份 2010 年的统计数据显示，在下载和在线的剧集里，居然只有《迷失》这一部美剧挤进了排行榜前 50 名。

当时真是大吃一惊，夸张点来说，我实在不敢相信世界竟然不是我一直相信的那个样子，然而我错了。当然，如此具有颠覆性的事情此前也曾有过，只是我迄今也不好断定错的究竟是不是我。

比如我一直以为郭沫若《两个太阳》之类的诗，臧克家在"五七干校"悔过自新的诗，都只是无可奈何之下的一种敷衍，甚至带着几分反

讽，就像那个年代里的很多不得不如此的文人一样；我以为这是一目了然的事，人人都会这么觉得，直到我看到网上的一次大讨论，才发现原来所有人（至少是绝大多数人）都坚信那些诗作就是郭沫若、臧克家的真情实感、真实水平。我清楚地记得那一刻，真有一种世界观遭到彻底颠覆的感觉。

我想，一个人只要读过郭沫若、臧克家早期的佳作，就会自然相信，以他们的聪慧和才华，真要写起阿谀奉承的诗来也一定会写得文采飞扬。但今天的读者也不大能欣赏他们早年的作品了，他们或多或少都是惠特曼的私淑弟子，而惠特曼的自由体是一种完全取消了技术壁垒的诗，换句话说，就是最不像诗的诗，甚至也可以说就是分行的散文。一时间，人们的确很难辨别优劣。

2.

惠特曼是自由体诗歌的先锋人物，我们今天读到的中国新诗，七拐八绕地几乎都可以追溯到惠特曼的身上。我们今天对这些新诗的种种困惑，大多并未超出当年人们对惠特曼的困惑。

其中最大的一个困惑就是：诗歌的形式美到哪里去了？那些节奏、韵律、各式各样的声音与修辞的技巧，那些"一经翻译就会失去"的东西，都到哪里去了？如果没有了这些，诗还成其为诗吗？

惠特曼喜欢自由，近乎无限的自由，任何格律对他而言都是难以忍受的枷锁；但是，如果是一支球队，会向往自由地踢球，而不管球门的位置、球员人数的限制，乃至不管一切制约到自由发挥的球赛规则吗——即便可以，还会有多少人愿意去看这样的一场球赛呢？

然而事实证明，惠特曼的自由体赢得了大量的读者，正如完全不懂足球规则的人当然更爱看毫无规则的自由比赛一样，只要热闹就好——在正规比赛的看台上，他们会气急败坏地痛骂一个在关键时刻明明可以用手抱球进门却偏偏用脚的人，再去指责一个大个子球员，他明明可以把对方的小个子球员撞飞，却偏偏带球晃过了他。是群众基础决定了比赛规则，从来不是像康德说的那样"天才为艺术立法"。

3.

"'啊，船长！我的船长！（O Captain! My Captain!）'有谁知道这句话吗？不知道吗？这是瓦尔特·惠特曼的一首诗，是写亚伯拉罕·林肯的。现在，在我们的课堂上，你们既可以叫我基廷先生，也可以——只要你们稍稍够胆的话，叫我'啊，船长！我的船长！'"

这是电影《死亡诗社》里基廷老师对全班同学的一番自我介绍，这是一段惠特曼式的开始，这预示了基廷老师将要教授什么——不，不是诗歌，而是一种生活态度，对自由和自我的放纵。在影片的结尾，当学生们得知基廷老师已被逐出学校的时候，他们纷纷用基廷老师曾经教过他们的"换一个角度看世界"的方式站到了课桌上，诵读着"啊，船长，我的船长"，既是送别，也是抗议。

诗歌只是这部电影的幌子，它只是在讲一个教育与成长的故事，事实上，电影虽然时时讲到诗歌，却只暴露了平庸线以下的诗歌素养，以及外行人对诗艺最一般的理解——也正是这样的理解最容易蛊惑少年的

心，让他们着迷，让他们在最饱受束缚的年纪，看到牢房的铁锁被一束
诗歌的光线撬松。

4.

最近又有一部以惠特曼为线索的电影，《草叶集》（*Leaves of
Grass*，2009），电影的名字直接用的是惠特曼诗集的名字。《草叶集》
在电影里是一个象征，象征美国南部的有点粗野的生活以及自由自在的
却不那么雅驯的文学。南部乡野里生机勃勃的草叶和哈佛讲堂里虽然高
高在上却僵死、乏味的注疏，这是两种文学、两种生命，你会选择哪一
种呢？

主人公比尔·金凯德早早地选择了后者，他来自粗野的南部小镇，凭
着惊人的努力终于当上了哈佛大学研究古典学术的教授，他着力打造自己
上流社会的精英形象，和谁都避免提及那个使他蒙羞的家庭，在任何时候
都带不出一丁点儿略嫌粗俗的家乡口音。他的孪生兄弟布莱迪则一直待在
老家，是个不学无术的家伙，做一点违法的大麻生意。布莱迪的生意遇到
了麻烦，他只好骗哥哥回家，靠相似的外貌来伪装自己的不在场证明。受
骗的金凯德不愿意在老家多做耽搁，他不喜欢这里的一切，他迫不及待地
要回到那个属于自己的"文明世界"，但命运就是用接连不断的麻烦拖着
他，不许他离开……

在多年之后的重逢之后，布莱迪说自己一直关注着金凯德："我看了
你写的所有那些破文章，有一篇花了50页篇幅就为了解释亚里士多德的
一个词。我他妈的拿着一本破字典查了一天——不是那种小字典，是该

死的《牛津大字典》。我打赌全世界只有不到 20 个人读过那玩意儿，而我就是其中之一。"

布莱迪请金凯德参观自己种大麻的温室，两个人又聊起了"学术问题"：

> 布莱迪："好吧，我读了你在纽约书评上的文章，讲一个叫海德吉尔的家伙。"
>
> 金凯德："是海德格尔。"
>
> 布莱迪："就是他。这算什么鬼名字？"
>
> 金凯德："那本书是讲雅克·拉康如何承袭了海德格尔的理论，我只是评论那本书而已。"
>
> 布莱迪："一点没错，所以我才搞不懂你自己到底是什么意思，你从来都不写点自己的东西，从来都是评论别人写的东西。海德格尔什么的搞了个点子，然后某个法国佬接着他的那一套，然后你又写段什么评论，其他人再继续评论去，没完没了。"
>
> 金凯德："你真是最简明扼要地概括出何谓学术了，布莱迪。"

这真是外行人对文学批评的最一般的误解，不过那又有什么关系，电影毕竟不是拍给那些怀有认真的学术趣味的人的。无论如何，凡是在文科上受过一点学术训练的人都会对这段台词发出会心的一笑，再想到影片开始不久的那个哈佛女生，疯狂地爱上了优雅而博学的金凯德教授，在办公室里一边用赤裸裸的肢体语言向他示爱，一边用火热的声音诵读着自己用拉丁语写作的情诗——用的是西塞罗式的圆周句，在动词之间插入押头韵的形容词，真是了不起的哈佛女生啊。

惠特曼是与这一切相反的力量，他在影片中的化身就是那个爱读惠特曼、爱写诗、擅长用最原始的办法潜下水去徒手捕捉 40 磅大鲶鱼的女孩。在金凯德教授的面前，她是那么活生生的，比穴居时代的人类更无牵挂。

他说他明天就走，她说她会想他；他说他们还只是萍水相逢，她吟诵一首诗作为回答，他问这是谁的诗，她说是惠特曼；他说真是不敢相信一个徒手捕捉 40 磅鲶鱼的女孩会向自己吟诵惠特曼，她说这恰恰合适，因为惠特曼的诗不讲究押韵和格律，自由体，他怎么想就怎么写，结果形成了自己内在的韵律，纯净、真挚、无拘无束；他说他不敢苟同，诗歌也有诗歌的规矩，可她说要是每个人都创建自己的规矩，你怎么判断谁的规矩才是唯一的呢？然后，她再念了一首诗，不是惠特曼的，而是她自己的。

5.

惠特曼其实也写过格律诗，唯一的一首，恰恰就是那首《啊，船长！我的船长！》：

　　啊，船长！我的船长！我们完成了惊险的远航；
　　船只战胜了多少风浪，赢得了渴求的奖赏；
　　海港在望，钟声在响，人群在欢呼喧嚷，
　　他们看着这平稳的船，它多么严峻而坚强。
　　但我的心呀，我的心！
　　一滴滴鲜血在流淌，

我的船长躺在甲板上，
全身已经冰凉。

啊，船长！我的船长！起来吧，你听这钟响；
起来，看旗帜为你飘扬，听号角为你激荡；
献给你，多少花束和彩环，海岸边人群熙攘，
涌动的人群在呼唤你的名字，急切的脸在张望。
来吧，船长，亲爱的父亲！
你把头枕上我的臂膀，
这甲板上像噩梦一样——
你全身已经冰凉。

我的船长没有回答，他嘴唇苍白而安详，
父亲已经没有知觉，没有脉搏和愿望，
船下了锚，安全又稳当，结束了它的远航。
胜利的船历尽艰险，终于实现了理想。
海岸，欢呼吧！钟啊，快鸣响！
可是我步履踉跄，
走在他躺着的甲板上，
他全身已经冰凉。

（杨传纬 译）

O Captain! My Captain!

by Walt Whitman

O Captain! my Captain! our fearful trip is done;

The ship has weathered every rack, the prize we sought is won;

The port is near, the bells I hear, the people all exulting,

While follow eyes the steady keel, the vessel grim and daring:

But O heart! heart! heart!

O the bleeding drops of red,

Where on the deck my Captain lies,

Fallen cold and dead.

O Captain! my Captain! rise up and hear the bells;

Rise up—for you the flag is flung—for you the bugle trills;

For you bouquets and ribboned wreaths—for you the shores a-crowding;

For you they call, the swaying mass, their eager faces turning;

Here Captain! dear father!

This arm beneath your head;

It is some dream that on the deck,

You've fallen cold and dead.

My Captain does not answer, his lips are pale and still;

My father does not feel my arm, he has no pulse nor will;

The ship is anchored safe and sound, its voyage closed and done;

From fearful trip, the victor ship, comes in with object won;

Exult, O shores, and ring, O bells!

But I, with mournful tread,

Walk the deck my Captain lies,

Fallen cold and dead.

　　这首诗是哀悼林肯总统的，这唯一的格律诗是惠特曼被传诵最广的作品，或许严整的格律毕竟便于记忆吧。只是，若诗歌只是一种私人语言，是一个活生生的人想要活生生地说出自己的话，是否会被传诵也就无关紧要了。

　　惠特曼其实并不像人们想象的那么先锋，他也用古老的诗艺，就像那个徒手捕捉鲇鱼的女孩说这种捕鱼技术已经有了上千年的历史。惠特曼的捕鱼术就是古老的象征主义——兰波用过，魏尔伦用过，里尔克用过，叶芝也用过，只是当代的诗人们已经不大喜欢它了。在《啊，船长！我的船长！》里边，"船长"象征着林肯，"船"象征着美国，就是这么简单。

　　斯宾塞等人提出过一个"节省精力"的理论，是说用熟悉的形象来象征变化不定的复杂事物，可以使人们更加便捷地把握事物的基本意义。这种认知方式可以大大地为人们节省精力，所以才作为一种生存优势在亿万年的演化过程中固着在人类的心理结构当中。

　　读过列维－施特劳斯《野蛮人的思维》的读者应该印象深刻，这种象征主义的思维方式正是最典型的一种"野蛮人的思维方式"，这种思维方式在野蛮人那里表现为神话，在文明人那里则表现为诗歌。所以，也正是因为这种手法太原始、太简单、太常见了，当代的艺术家们（无论诗人、画家、音乐家）反而会竭力避开它，仿佛只有政府官员才喜欢象征主义的设计，艺术家可不屑于把自己的品位降低到这个程度。

是的，这太粗俗了，但惠特曼从来都不忌讳粗俗，他喜欢"野蛮人的思维方式"。

没有任何东西的生命力可以和粗俗相比，他这样觉得。

6.

叶芝在晚年也这样想过，所以他开始把粗鄙的言辞和粗鄙的意象写进诗里，并且振振有词："我为我的歌织就／一身五彩的外衣，上面缀满从古老的／神话中抽出的锦绣；／可愚人们将它夺去，／穿起来在人前炫示，／俨然出于自己之手。／歌，就让他们拿去，／因为需要更大勇气／才敢于赤身行走。"（《外衣》，傅浩译）

真正一辈子都在赤身行走的不是讲出这番理论的叶芝，而是毫无理论可讲、只是一往无前的惠特曼。他赤身裸体，只带着一份故老相传的"徒手捕鲶鱼"的手艺——象征主义。不太漂亮，但很实际。

象征主义，symbolism，词根 symbol 原本是拉丁语——古代欧洲也有像古代中国一样的虎符，一剖两半，国王和将军各持一半，国王待要调兵的时候，就会派出使者带着自己这一半虎符去见将军，虎符若合得上，军队才可以调动，而这两半虎符"合在一处"，这就是 symbol 的本义。词义引申开去，一物与另一物的对应就是 symbol，比如指十字架对应基督受难，这十字架就是基督受难的 symbol。

象征主义是一种符号系统，就像我们的语言文字一样。当代诗人之所

235

以不喜欢它，主要就是因为它的指向性过于明确了，简直不比语言文字逊色，以至于留给读者的想象空间（也就是诗歌的"歧义空间"——我更喜欢用这个短语）实在太过狭小了。例如，十字架"只能"象征着基督受难，红领巾的颜色"只能"是烈士的鲜血染红的。兰波的时候还好得多，因为象征主义在那个时代刚刚萌芽，但到了惠特曼的时代，象征主义已经成熟到没有任何新鲜感了，要仰仗这门古老的手艺来创作新的诗歌，这真的不太容易。所以，他常常连象征也不用了，直抒胸臆，就像被基廷老师蒙住了眼睛的陶德，不假思索地说出未曾掩饰的心。

托马斯·格雷

（Thomas Gray，1716 — 1771）

/

/

/

英国新古典主义后期的重要诗人，墓园诗派
的代表人物。可以说正是因为格雷创作了《墓
畔哀歌》才发展出了以死亡、坟墓、荒芜为创
作主题的墓园诗派。格雷对死亡的态度是矛盾
的：他恐惧它，当死亡来敲门，任凭怎样繁华的
人生，也得即刻停止喧腾，最终归于尘埃；但他
也赞赏它，死亡是唯一的公平——倾国倾城的容
颜、无与伦比的财富以及高不可攀的身份，通通
不能贿赂死神，谁都得归于尘埃。不过，格雷错
了，死亡并不总是公平的。以格雷自己为例，因
着他的诗，如今，他归于尘埃，也归于光荣。

20 当人们不再相信"怀才不遇"

> 世界上多少晶莹皎洁的珠宝
>
> 埋在幽暗而深不可测的海底；
>
> 世界上多少花吐艳而无人知晓，
>
> 把芬芳白白地散发给荒凉的空气。
>
> ——托马斯·格雷《墓畔哀歌》

1.

世界变了啊。

几年前就不时听到人说，"怀才不遇"已经是个过时的概念了，在这个机会遍地的时代，任何一粒金子都很难藏住自己的光芒。起初我以为这都是些受教育程度不高的人误受了励志读物的蛊惑，以及非富即贵的年轻成功者们对自我实现所做的刻意标榜，但是，我可能错了，因为这见解来势汹汹，简直是一种时代思潮，而古人那些汗牛充栋的不平则鸣，看来真的就只属于古人自己了。

"怀才不遇"是古今中外一个经典的诗歌主题，至少曾经如此。所谓才华，如果让我来下定义，它就是指受到社会普遍尊重的某种超乎常人的能力。但社会风气永远变动不居，一个在格律诗方面才华横溢的人在唐朝会受到整个社会的追捧，而在今天，这点才华恐怕连一分钱也换不来——今天的社会不但不会追捧这种才华，甚至就连对这种才华最基本的鉴识力也荡然无存了。杜甫在今天会不会怀才不遇，这应该不是一个太有悬念的问题。

2.

我确实见过一些怀才不遇的人，我的父亲就是一个。他是学建筑的，在这方面小有才华。这才华若放在古代，只是下九流罢了，但今天应该还是可以换得一些"社会的普遍尊重的"，尤其是，确实可以换钱。

制约父亲施展才华的也许不是什么外部原因，而是他自己的性格。凡是他负责的项目，他绝对要保证质量，不允许任何偷工减料，他说这是对自己的良心负责。但老板不这样想，因为若不偷工减料，就意味着工期的延长和成本的增加，这会使自己在行业竞争中处于无可争议的劣势。人人都这么做，我们必须也这么做。生存的法则只是一道简单的选择题，而父亲总是选择自己的原则。

就这样一而再，再而三，终于就连最欣赏他的才华的人也不肯再请他工作，父亲便过早地赋闲在家，为这个时代生着无用的闷气。在那些以贫穷为耻且仅以贫穷为耻的看客眼里，在那些不再相信还有人怀才不遇、不再相信有才华的人居然也会过着贫困生活的看客眼里，父亲似嫌执拗的操守是不会赢得任何尊敬的，当然也得不到任何理解。

我有时也会这样自问：只要父亲稍稍做些妥协，家庭至少可以摆脱窘境，但我是否希望他做出这样的妥协呢？当某位明星教授在国学讲座上高声论证"贫穷是万恶之源"的时候，我才悟出皇宫里一定是人世间最和谐美满的地方，然后不合时宜地想起小时候父亲给我讲的国学不是这样的，而是"富而可求也，虽执鞭之士，吾亦为之。如不可求，从吾所好"。

所以，我确实相信有怀才不遇这回事，如果贫穷真的是万恶之源，那么这也许是我许许多多的万恶念头中最顽固的一个。我总是见到因为各种原因而怀才不遇的人，我喜欢看到他们执拗而落伍地坚持自己的理想与原则。我没有能力帮助其中的任何一个，但我不能不对他们抱有敬意——这个时代里不可多得的一份敬意。

3.

任何时代风气和系统规则都是一面面筛子，所以我有时会想：父亲这样的人如果就是最容易被筛出去的那种，那么留下的都是一些怎样的人呢？

心理学讲过"刻板印象"的概念，人们总是率先用刻板印象来认识他人，如果你知道面前的陌生人是个教师或军官，你将不自觉地套用自己心里已经形成的对教师或军官的总体印象。这样的判断当然难免偏颇，但是，这是最便捷的认知方式，不是吗？

其实很多时候，我们对某种人的刻板印象的形成来源于我们对他背后的那面"筛子"的了解，正是因为我们懂得那面筛子必然会筛掉某些人、留住某些人，我们才会马上判断出来这个人或那个人必然属于这一类或那一类人。比如，在一个竞争险恶的小环境里，卑鄙必然是卑鄙者的通行证，高尚必然是高尚者的墓志铭，很少会有例外，最终的胜利必定属于那种做尽丑事而良心却没有丝毫不安的人。

4.

王阳明主张"天下无心外之物"，万事万物，都在我心具足。一次他和朋友们到南镇游玩，一个朋友指着岩石间的花树问道："你既然认为天下无心外之物，那么看这深山中的花树，自开自落，与我心有什么关系呢？"王阳明答道："你没看到此花时，此花与你的心同归于寂；你来这里看花时，此花的颜色一时明亮起来，由此可知此花并不在你的心外。"

若从哲学的角度看，王阳明的回答显然是一种诡辩。人类认识世界的方式有"亲知"和"推知"两种，一个人不可能通过亲知的方式认识自己的祖先，但这明明可以推知出来。所以历来的王学弟子大多不是偏重理性思辨的人，而是些具有宗教气质或着迷于自我励志的人。但是，若放到我们当下的话题里，再旷世的天才也只是岩间的一棵花树，在无人关注的角落里自开自落，你若看不到他，他便与你的心"同归于寂"。这便是托马斯·格雷在《墓畔哀歌》里写就的名句："世界上多少晶莹皎洁的珠宝／埋在幽暗而深不可测的海底；／世界上多少花吐艳而无人知晓，／把芬芳白白地散发给荒凉的空气。"

不可能每一个人的天赋都幸运地与自己的时代合拍，即便合拍，也不都有这样的幸运被发现。

5.

是的，机遇也许真的无所不在，但每一个机遇都是需要成本的。在工作中，我自己筛选过不少求职简历，虽然我相信在从未受过高等教育的人里一定有不少才智卓越之辈，完全可以胜任招聘启事上所需的职位，但我看一份简历的时间只有半分钟，所以学历必然成为一个硬性的筛选指标。

当然，捷径总是有的，你只要有足够的背景，就可以直接跨过我这初选的一关，在某一天突然成为我的同事或者上级。

所以富贵家庭的孩子从来不为机遇发愁，他们太习惯于无所不在的乃至过剩的机遇，他们甚至习以为常到了这样的地步：以为机遇就像阳光、空气和水，对于每个人都是无限的资源。所以他们不相信这世上居然还有怀才不遇的人，因为在他们高贵的视野里，就连不怀才的人都不可能不遇。

6.

还有一种怀才不遇，不知道是更好还是更糟，那就是有的人终其一生，也不曾发现自己身上潜藏着某种特殊的禀赋。我看到建筑工地上成千的农民工，有时会想：如果他们从小也有和我一样的教育环境，有多少人的功课可能比我更好，会是我的同学，或者考上更好的学校；然后，也许有的人会操一口伦敦腔的英语，在牛津讲授莎士比亚，周末去听意大利的歌剧；有的人会在迪拜主持建筑设计，他们的工作台上随便摆着真正的拉菲或蓝山。"可是'知识'从不曾对他们展开／它世代积累而琳琅满目的书卷；／'贫寒'压制了他们高贵的襟怀，／冻结了他们从灵府涌出的流泉。"托马斯·格雷在 18 世纪唱出的感伤主义的哀歌，如今真的成为仅仅供人凭吊的陈迹了吗？

托马斯·格雷并非出身社会底层，恰恰相反，他属于英国的上流社会。他散淡得令人吃惊，虽然在剑桥大学担任教职，教授历史和语言，但他从未讲过一次课，也几乎不曾著书立说。他写诗，但诗也写得很少，《墓畔哀歌》是他仅仅十余首诗歌中最著名的一首。但就是因为这寥寥的十余首诗歌，英国皇室曾想授予他桂冠诗人的头衔，但他拒绝了，正如他一贯的散淡性格所必然做出的决定那样。

《墓畔哀歌》是写他在一处乡间墓园徘徊时的所感，他还在诗的末尾假托当地的乡下人的口吻谈到自己："我们常常看见他，天还刚亮，／就用匆忙的脚步把露水碰落，／上那边高处的草地去会晤朝阳……"然后这些乡下人也目睹了诗人的死亡："第三天我们见到了送葬的行列，／唱着挽歌，抬着他向坟场走去……"这是一首奇异的哀歌，一切都归于死亡，连同叙述并感叹死亡的诗人自己。

托马斯·格雷使用工整的格律和典雅的语言来写作这首长诗，用的是在英语诗歌里非常罕见的隔行押韵的四行诗节，而中国读者最习惯这种格律，因为读起来完全就像古诗中的排律一样。所以，读这首《墓畔哀歌》，感觉就像在读《琵琶行》《长恨歌》一般。

徘徊在墓畔的遐思，所思者无非是生存与死亡，他哀悼着那些一辈子不曾得到施展才华的机会便长眠地下的人，也想到"门第的炫耀，有权有势的煊赫，／凡是美和财富所能赋予的好处，／前头都等待着不可避免的时刻：／光荣的道路无非是引导到坟墓"。

可这是多么老生常谈的安慰，世界通用的麻醉剂，可是除此之外，那些"无人知晓的吐艳的花儿"还能拿什么来慰藉自己？

7.

《墓畔哀歌》有卞之琳的译本，妥帖地模拟了原作的语感和音律。这样的诗不可以太短，因为往复的韵律和杂沓的叹息会造出一种奇特的效果，像暮春的游丝一丝丝、一环环地缠绕着你，那是感伤主义特有的情调，仿佛在麻醉中慢慢令人窒息：

晚钟响起来一阵阵给白昼报丧，
牛群在草原上迂回，吼声起落，
耕地人累了，回家走，脚步踉跄，
把整个世界留给了黄昏与我。

苍茫的景色逐渐从眼前消退，
一片肃穆的寂静盖遍了尘寰，
只听见嗡嗡的甲虫转圈子纷飞，
昏沉的铃声催眠着远处的羊栏。

只听见常春藤枝里的塔顶底下
一只阴郁的柢鸮向月亮诉苦，
怪人家无端走近它秘密的住家，

搅扰它这个悠久而僻静的领土。

峥嵘的榆树底下，扁柏的荫里，
草皮鼓起了许多零落的荒堆，
各自在洞窟里永远放下了身体，
小村里粗鄙的父老在那里安睡。

香气四溢的晨风轻松的呼召，
燕子从茅草棚子里吐出的呢喃，
公鸡的尖喇叭，或山鸣谷应的猎号
再不能唤醒他们在地下的长眠。

在他们，熊熊的炉火不再会燃烧，
忙碌的管家妇不再会赶她的夜活；
孩子们不再会"牙牙"的报父亲来到，
为一个亲吻爬到他膝上去争夺。

往常是：他们一开镰就所向披靡，
顽梗的泥板让他们犁出了垄沟；
他们多么欢欣地赶牲口下地！
他们一猛砍，树木就一棵棵低头！

"雄心"别嘲讽他们实用的操劳，
家常的欢乐、默默无闻的运命；

"豪华"也不用带着轻蔑的冷笑
来听讲穷人的又短又简的生平。

门第的炫耀，有权有势的煊赫，
凡是美和财富所能赋予的好处，
前头都等待着不可避免的时刻：
光荣的道路无非是引导到坟墓。

骄傲人，你也不要怪这些人不行，
怀念没有给这些坟建立纪念堂，
没有让悠长的廊道、雕花的拱顶
洋溢着洪亮的赞美歌，进行颂扬。

栩栩的半身像、铭刻了事略的瓮碑，
难道能恢复断气，促使还魂？
"荣誉"的声音能激发沉默的死灰？
"谄媚"能叫死神听软了耳根？

也许这一块地方，尽管荒芜，
就埋着曾经充满过灵焰的一颗心；
一双手，本可以执掌到帝国的王笏
或者出神入化地拨响了七弦琴。

可是"知识"从不曾对他们展开

它世代积累而琳琅满目的书卷；
"贫寒"压制了他们高贵的襟怀，
冻结了他们从灵府涌出的流泉。

世界上多少晶莹皎洁的珠宝
埋在幽暗而深不可测的海底；
世界上多少花吐艳而无人知晓，
把芬芳白白地散发给荒凉的空气。

也许有乡村汉普敦在这里埋身，
反抗过当地的小霸王，胆大，坚决；
也许有缄口的弥尔顿，从没有名声；
有一位克伦威尔，并不曾害国家流血。

要博得满场的元老雷动的鼓掌，
无视威胁，全不管存亡生死，
把富庶、丰饶遍播到四处八方，
打从全国的笑眼里读自己的历史——

他们的命运可不许；既不许罪过
有所放纵，也不许发挥德行；
不许从杀戮中间涉登宝座，
从此对人类关上仁慈的大门；

不许掩饰天良在内心的发作，
隐瞒天真的羞愧，恬不红脸；
不许用诗神的金焰点燃了香火
锦上添花去塞满"骄""奢"的神龛。

远离了纷纭人世的钩心斗角，
他们有清醒的愿望，从不学糊涂，
顺着生活的清凉僻静的山坳，
他们坚持了不声不响的正路。

可是叫这些尸骨免受到糟蹋，
还是有脆弱的碑牌树立在近边，
点缀了拙劣的韵语、凌乱的刻画，
请求过往人就便献一声惋叹。

无闻的野诗神注上了姓名、年份，
另外再加上地址和一篇诔词；
她在周围撒播了一些经文，
教训乡土道德家怎样去死。

要知道谁甘愿舍身哑口地"遗忘"，
坦然撇下了忧喜交织的此生，
谁离开风和日暖的明媚现场
而能不依依地回头来顾盼一阵？

248

辞世的灵魂还依傍钟情的怀抱，
临闭的眼睛需要尽哀的珠泪，
即使坟冢里也有"自然"的呼号
他们的旧火还点燃我们的新灰。

至于你，你关心这些陈死人，
用这些诗句讲他们质朴的故事，
假如在幽思的引领下，偶然有缘分，
一位同道来问起你的身世——

也许会有白头的乡下人对他说，
"我们常常看见他，天还刚亮，
就用匆忙的脚步把露水碰落，
上那边高处的草地去会晤朝阳；

"那边有一棵婆娑的山毛榉老树，
树底上隆起的老根盘错在一起，
他常常在那里懒躺过一个中午，
悉心看旁边一道涓涓的小溪。

"他转游到林边，有时候笑里带嘲，
念念有词，发他的奇谈怪议，
有时候垂头丧气，像无依无靠，

249

像忧心忡忡或者像情场失意。

"有一天早上，在他惯去的山头，
灌木丛、他那棵爱树下，我不见他出现；
第二天早上，尽管我走下溪流，
上草地，穿过树林，他还是不见。

"第三天我们见到了送葬的行列，
唱着挽歌，抬着他向坟场走去——
请上前看那丛老荆棘底下的碑碣，
（你是识字的）请念念这些诗句。"

［墓铭］
这里边，高枕地膝，是一位青年，
生平从不曾受知于"富贵"和"名声"；
"知识"可没有轻视他生身的微贱，
"清愁"把他标出来认作宠幸。

他生性真挚，最乐于慷慨施惠，
上苍也给了他同样慷慨的报酬：
他给了坎坷全部的所有，一滴泪；
从上苍全得了所求，一位朋友。

别再想法子表彰他的功绩，

也别再把他的弱点翻出了暗窖

（它们同样在颤抖的希望中休息），

那就是他的天父和上帝的怀抱。

（卞之琳　译）

Elegy Written in a Country Churchyard

by Thomas Gray

The curfew tolls the knell of parting day,

The lowing herd winds slowly o'er the lea,

The ploughman homeward plods his weary way,

And leaves the world to darkness and to me.

Now fades the glimmering landscape on the sight,

And all the air a solemn stillness holds,

Save where the beetle wheels his droning flight,

And drowsy tinklings lull the distant folds:

Save that from yonder ivy-mantled tower

The moping owl does to the moon complain

Of such as, wandering near her secret bower,

Molest her ancient solitary reign.

Beneath those rugged elms, that yew-tree's shade,

Where heaves the turf in many a mouldering heap,

Each in his narrow cell for ever laid,

The rude Forefathers of the hamlet sleep.

The breezy call of incense-breathing morn,

The swallow twittering from the straw-built shed,

The cock's shrill clarion, or the echoing horn,

No more shall rouse them from their lowly bed.

For them no more the blazing hearth shall burn,

Or busy housewife ply her evening care:

No children run to lisp their sire's return,

Or climb his knees the envied kiss to share,

Oft did the harvest to their sickle yield,

Their furrow oft the stubborn glebe has broke;

How jocund did they drive their team afield!

How bow'd the woods beneath their sturdy stroke!

Let not Ambition mock their useful toil,

Their homely joys, and destiny obscure;

Nor Grandeur hear with a disdainful smile

The short and simple annals of the Poor.

The boast of heraldry, the pomp of power,

And all that beauty, all that wealth e'er gave,

Awaits alike th' inevitable hour:

The paths of glory lead but to the grave.

Nor you, ye Proud, impute to these the fault

If Memory o'er their tomb no trophies raise,

Where through the long-drawn aisle and fretted vault

The pealing anthem swells the note of praise.

Can storied urn or animated bust

Back to its mansion call the fleeting breath?

Can Honour's voice provoke the silent dust,

Or Flattery soothe the dull cold ear of Death?

Perhaps in this neglected spot is laid

Some heart once pregnant with celestial fire;

Hands, that the rod of empire might have sway'd,

Or waked to ecstasy the living lyre:

But Knowledge to their eyes her ample page,

Rich with the spoils of time, did ne'er unroll;

Chill Penury repress'd their noble rage,

And froze the genial current of the soul.

Full many a gem of purest ray serene

The dark unfathom'd caves of ocean bear:

Full many a flower is born to blush unseen,

And waste its sweetness on the desert air.

Some village-Hampden, that with dauntless breast

The little tyrant of his fields withstood,

Some mute inglorious Milton here may rest,

Some Cromwell, guiltless of his country's blood.

Th' applause of list'ning senates to command,

The threats of pain and ruin to despise,

To scatter plenty o'er a smiling land,

And read their history in a nation's eyes,

Their lot forbad: nor circumscribed alone

Their growing virtues, but their crimes confined;

Forbad to wade through slaughter to a throne,

And shut the gates of mercy on mankind,

The struggling pangs of conscious truth to hide,

To quench the blushes of ingenuous shame,

Or heap the shrine of Luxury and Pride

With incense kindled at the Muse's flame.

Far from the madding crowd's ignoble strife,

Their sober wishes never learn'd to stray;

Along the cool sequester'd vale of life

They kept the noiseless tenour of their way.

Yet e'en these bones from insult to protect

Some frail memorial still erected nigh,

With uncouth rhymes and shapeless sculpture deck'd,

Implores the passing tribute of a sigh.

Their name, their years, spelt by th' unletter'd Muse,

The place of fame and elegy supply:

And many a holy text around she strews,

That teach the rustic moralist to die.

For who, to dumb forgetfulness a prey,

This pleasing anxious being e'er resign'd,

Left the warm precincts of the cheerful day,

Nor cast one longing lingering look behind?

On some fond breast the parting soul relies,

Some pious drops the closing eye requires;

E'en from the tomb the voice of Nature cries,

E'en in our ashes live their wonted fires.

For thee, who, mindful of th' unhonour'd dead,

Dost in these lines their artless tale relate;

If chance, by lonely contemplation led,

Some kindred spirit shall inquire thy fate, —

Haply some hoary-headed swain may say,

"Oft have we seen him at the peep of dawn

Brushing with hasty steps the dews away,

To meet the sun upon the upland lawn;

"There at the foot of yonder nodding beech

That wreathes its old fantastic roots so high.

His listless length at noontide would he stretch,

And pore upon the brook that babbles by.

"Hard by yon wood, now smiling as in scorn,

Muttering his wayward fancies he would rove;

Now drooping, woeful wan, like one forlorn,

Or crazed with care, or cross'd in hopeless love.

"One morn I miss'd him on the custom'd hill,

Along the heath, and near his favourite tree;

Another came; nor yet beside the rill,

Nor up the lawn, nor at the wood was he;

"The next with dirges due in sad array

Slow through the church-way path we saw him borne,-

Approach and read (for thou canst read) the lay

Graved on the stone beneath yon aged thorn."

The Epitaph

Here rests his head upon the lap of Earth

A youth to Fortune and to Fame unknown.

Fair Science frowned not on his humble birth,

And Melacholy marked him for her own.

Large was his bounty, and his soul sincere,

Heaven did a recompense as largely send:

He gave to Misery all he had, a tear,

He gained from Heaven ('twas all he wish'd) a friend.

No farther seek his merits to disclose,

Or draw his frailties from their dread abode

(There they alike in trembling hope repose),

The bosom of his Father and his God.

[诗艺小札]

长诗与短诗

　　最初接触西方诗歌时，大感困惑的就是诗的长度。毕竟习惯了中国古典诗词，大量的绝句和律诗，严整而简洁，西方诗歌却动辄长篇大论，似乎对铺陈有特殊的爱好。后来知道这是《荷马史诗》的传统，即便是抒情诗，也写得像是史诗当中的一个片段。

　　记得初学英语的时候，我一直不理解 hero 为什么既是"英雄"又是"主人公"。后来知道，自荷马史诗直至浪漫主义时代，文学作品中的"主人公"基本上都是"英雄"，直到浪漫主义之后，平凡角色也可以成为主人公了，"英雄"和"主人公"这才分道扬镳。归根结底，这一语词意义变化的背后，就是西方的史诗传统。

　　中国其实也曾有过长诗传统，就是《楚辞》一系，只不过这一系发展成了汉赋，自此退出了诗歌舞台，诗的传统就单单沿袭《诗经》一系了。

　　在西方诗歌的历史上，诗行变短还是意象派之后的事，这已经进入20世纪了。意象派诗人学习中国的古诗和日本的俳句，以意象的组合传达特殊的情绪，写得温柔含蓄、朦胧婉约。其间最著名的短诗是庞德的《地铁》，仅有两行。其实在现代派诗人手里还有更短的诗，比如法国诗人阿波利奈尔的《歌手》，只有一行：

水上号角的唯一一根弦。

Et l'unique cordeau des trompettes marines.

　　译文完全传达不出原文的诗意，只是莫名其妙的一句话罢了。而在原文里，cordeau（弦）暗指 cord'eau（水的号角），trompettes marines 双关"水的号角"和"木质乐器"。文艺理论家卡勒在《结构主义诗学》里用这首诗做过例子，说它的长度只有一行，正如水上号角只有唯一的一根弦，但语言的朦胧性使诗人得以用诗的一根弦奏出美妙的音乐来。

　　我不确定卡勒的解释究竟有几分道理，我只是觉得，对于长诗传统和短诗传统的优劣，或许爱默生的《寓言》是一个不错的标杆：这首诗是说大山瞧不起松鼠，但松鼠满不在乎地说："虽然我背不起森林，但你也咬不开核桃。"（If I can not carry forest on my back,/ neither can you crack a nut.）

威廉·莫里斯

（William Morris，1834 — 1896）

/

/

/

英国拉斐尔前派画家、建筑家、手工艺术家、诗人，工艺美术运动的领袖人物。蒸汽机的诞生，标志着世界被工业革命；莫里斯说出"不要在家里放一件虽然你认为有用，但你认为并不美的东西"，标志着工业被艺术革命。在机械文明鼎盛的 19 世纪，莫里斯以美之名，向齿轮和螺丝主宰的世界布道，抵制粗糙冰冷的工业制品。工艺美术运动最终失败了，人们嘲笑莫里斯对美的追求过于理想，但是，理想不正是人类前进的方向吗？

21 空虚时代的无用诗人

我只是个空虚时代的无用诗人。

——威廉·莫里斯《大地乐园》

1.

最后，讲讲和我的生活曾经交错的两个诗人。

在其他人的眼里，也许他们都算不得诗人。

"我这里嘛，嗯——"一阵拉开窗帘的声音，然后，男中音继续，"城市是白色的——"

"是希腊吗？"我脑子里立即闪出希腊的白色教堂。

"我搞不清，哦，现在是晚上，有很好的月光，所以看什么都是白色的。"

"……"我无语。宋默默一定是刚刚睡醒吧，他是做投资咨询的，满世界跑，经常在一觉醒来之后搞不清自己身处何地——哪家宾馆，哪座城市，哪个国家。

从声音听得出，他现在还饶有兴致："这里的街巷好乱呀，就像缠绕在一起的线团。等等，我这里有一本导游手册……"

我有点不耐烦："阿姨托我寄快件给你……"

他好像没听到似的，电话那边是翻书的声音，然后是他的照本宣科："这里的街巷彼此缠绕，这一现象说明了城市是怎样建造而成的：不同民族的男人们做了同一个梦，梦中见到一座夜色中的陌生的城市，一个女子，身后披着长发，赤身裸体地奔跑着。大家都在梦中追赶着她。转啊转啊，所有人都失去了她的踪影。醒来后，所有人都去寻找那座城市……"

我冷冰冰地打断他："故事不错，可你能在 MSN 上跟我讲吗，我真不该打国际长途给你的。"

宋默默无动于衷，他自己是个挥金如土的人，所以也从来不在乎别人的钱。他继续念着："没有找到城市，那些人却会聚到了一起，于是，大家决定建造一座梦境中的城市。每个人按照自己梦中追寻所经过的路，铺设一段街道，在梦境里失去女子踪影的地方，建造了区别于梦境的空间和墙壁，好让那个女子再也不得脱身……"

我抓狂了，再次打断他："好的好的，我只要知道地址。"

"地址是，"宋默默神秘地顿了一下，然后，电话那头传来了勉强压抑着狂笑的那种可恶腔调，"地址是《看不见的城市》，译林出版社，第 45 页，卡尔维诺收。"

我被捉弄了。幸好作为宋默默的熟人，我对此早已经习以为常。何况他在我面前很少表现出诗人的一面，所以这也算是弥足珍贵的一刻。尽管，他只是刻意表现一下所谓的诗人情怀而已，告诉我他仍然保持着文学阅读的习惯，但我清楚，他的书很少读到心里，仅仅是挂在嘴边的谈资罢了。

从我的角度来看，宋默默曾经是个诗人，现在是个成功的商人；但在宋默默自己看来，他一直都是个诗人，自始至终，从阿尔法到欧米茄，从摇篮到坟墓。但他有一种奇怪的表达习惯，喜欢在诗人面前扮商人，在商人面前扮诗人，时而炫耀发达，时而炫耀品位。

一个自恋到如此程度的人肯定不易相处，但似乎所有上进青年都想做他的朋友，所有未婚女子都想做他的妻子，所有已婚女子都想做他的情人，甚至所有的妈妈都想做他的岳母。我不幸与这样一位焦点人物相熟，只能过着不胜其烦、不堪其扰的日子。但宋默默很对得起大家，他像偶像明星一样为粉丝们坚守着表面的童贞，屡屡许下政治家的庄严承诺。虽然没有人真的相信他，但每一个人都愿意相信他。所以，他经常有些相亲活动。

宋默默的相亲模式被坊间传为经典。他喜欢把"战场"安排在某个极高档的西餐厅，摆出伊丽莎白女王的排场，让对面那个可怜的小女子手足无措，然后，他便摆出唐璜的脸孔，开始谈论诗歌。每到此时，小女子总会由手足无措一下子堕落到意乱情迷，让对面这个人的支配欲和虚荣心获得空前的满足。宋默默好几次掏心掏肺地对我讲过，说诗歌的力量在这种时候——也只有在这种时候——无人能敌，这是他作为一名诗人对诗歌最深切的体会，诗歌本身一文不值，毫无用处，可一旦有了财富和小资情调的充分烘托，诗歌就是最好的催情剂。最后，宋默默神色古怪地看着我："不过这招对你没用。唉，你从来不把我当诗人看，你只觉得像陈宇那样的才是诗人。"

提到陈宇，宋默默的神情总会有些落寞，这在他脸上真是难得一见。

2.

如果你读过一本 19 世纪的法国小书，叫作《屋顶间的哲学家》，你就会很容易想象陈宇是一个怎样的人。首先，毫无比喻色彩地说，他真的生活在一个"屋顶间"。

在 19 世纪的法国，居民住宅一般是四五层高的小楼，在最上一层之上还有一点点空间，就是楼的尖顶之下的那块地方，狭窄逼仄，冬冷夏热，虽然位于全楼的顶层，住的却都是社会的底层。那个时候，一个叫作梭维斯特的寒酸文人蜷缩在这样的屋顶间里，"高高在上"地俯瞰街头巷尾的芸芸众生。或许是为了节约体力以俭省粮食的缘故，他总是用思考来打发这难挨的生命。

陈宇就生活在这样的一个地方，当然不是在法国，所以连唯一可以让人羡慕的浪漫主义气氛都不复存在了。在邻居们的眼里，他是盲流、社会闲散人员、需要居委会特别关注的对象、潜在的危险分子、懒虫、废物，只在我的眼里他是一个诗人。

每次看到人们对他避之唯恐不及的样子，尽管我应该已经熟视无睹了，但总还是感到心酸。从外表上，他的确符合脏乱差的哪怕最苛刻的标准，他的屋顶间在最晴朗的季节也显得有几分阴森，只要他一脱鞋，你就会感觉整个天空突然阴了下来。但是，我很认真地告诉你，我再没有见过比他更温柔、更有爱心的人了。他唯一的罪过就是只会写诗，并且只愿意写诗，哪怕就此腐烂在他那黝黑而深邃的屋顶间里。

宋默默曾经说陈宇是一个从来不会脚踏实地的理想主义者，但我不同意这个评价。陈宇从来都不是什么理想主义者，因为诗歌并不是他的理想，诗歌就是他自己。他并非不肯向世界妥协，只是他生来就是那个样子。

陈宇其实也有过风光的一度，那还是在20世纪80年代末。那是诗歌年代的尾声，街头随便一个报刊亭还都能买到《诗刊》《十月》这样的杂志，它们在《知音》《读者》《故事会》的强大阵容里顽强地占有一席之地，仿佛全然预见不到即将来临的败落。

不记得是哪一天，少年陈宇突然买了新钢笔、新稿纸、新信封，用当时流行的庞中华体工工整整地抄写自己的诗作，忐忑不安地投给了《诗刊》编辑部，在焦灼的等待中踏上了自己的文学之旅。

那时候诗歌的稿费不菲，一般文章都是按字数算钱，诗歌却是按行数算钱。据说一个月如果能发表几十行诗歌的话，稿费收入基本相当于一个普通职工的标准月薪。但陈宇除了诗歌之外再没有什么享受，所以他的稿费竟积攒了不少，后来朋友们戏称他为"万元户"，也不知道是真是假。多年之后，陈宇那颗诗人的心最想不通的就是通货膨胀："我的钱明明还在，可我的购买力被谁偷走了呢？"

但他总能很快地解开心结："没关系的，诗人总是会受穷的。"

不知道是幸运还是不幸，随着《诗刊》《十月》这类杂志在报刊亭里隐没不见，陈宇的诗艺越来越高了，这也就意味着，能够欣赏他的人越来越少了。几天前的一次聚会上，不小心又聊起了诗歌，一个小女生深情地讲起仓央嘉措，讲起"住进布达拉宫，我是雪域最大的王。流浪在拉萨街头，我是世间最美的情郎"，讲起"你见，或者不见我，我就在那里，不悲，不喜。你念，或者不念我，情就在那里，不来，不去"。她期待着陈宇的"专业赞许"，但陈宇一脸尴尬，嗫嚅着不知道说什么才好。我想，他心里一定涌现出了"俗不可耐"这四个字吧？

通俗文学有两大特点，一是程式化的叙述，二是明确的价值判断。所谓程式化的叙述，好莱坞电影就是最佳范例，剧本是按照很有限的几种公式来编的，剧情看上去纷纭复杂，其实都是大家熟知的套路，能够很好地迎合观众的心理预期，在"情理之中，意料之中"的潜藏模式下编出"情理之中，意料之外"的故事。所谓明确的价值判断，武侠小说就是典型，善恶有报，快意恩仇，最能满足读者的道德期待，即便作者安排了某些道德模糊区域，也一定能够在这个大框架里得到明确结局。大众读者接受不了纯文学的歧义性，也懒得在纯文学所营造的过于复杂的歧义空间里填充自己的想象和思考，所以纯文学注定只是象牙塔里的东西，一个人如果有真诚的艺术追求，终究是会脱离大众的。

陈宇就是这样的一个人，无可救药的是了。他对诗歌的标准相当苛刻，早些年人们喜欢北岛的诗，到处转引"卑鄙是卑鄙者的通行证，高尚是高尚者的墓志铭"，但陈宇说这只是格言，不是诗歌；后来人们喜欢汪国真的诗，有人在贺卡上抄录"无论天上掉下来的是什么，生命总是美丽的"，他干脆回寄了一篇讨论"高楼住户从窗口乱丢杂物"的剪报。

3.

宋默默写诗成名比陈宇要早，他的诗歌一度也颇受陈宇的欣赏。宋默默在刚毕业的时候曾受某书商之托编纂一本当代诗人合集，他很热情地联系了陈宇——他们就是这样认识的——要了几首陈宇的诗，编在相当靠前的位置。但是，陈宇还没高兴几天，宋默默就来向他道歉了，说是老板有了最新指示，那么，不太好意思，按照新的标准，对陈宇的大作只好"忍痛割爱"。

多年之后我才知道这件公案的始末。那位老板根本是个半文盲，哪里懂得选诗的标准，他的确下了最新指示，但不是关于选诗的，而是关乎宋默默的报酬。他们原本商定的是，按书的字数给宋默默开固定的编辑费，后来老板想出了一个更是激励性的办法，按书的销量给宋默默提成。宋默默欣然接受了这个安排，随即便把内容做了改天换地的调整。于是，宋默默给选编标准设置了一个上限：不能高于《读者》《知音》《青年文摘》的选编趣味。在残酷的市场标准下，陈宇毫无悬念地败下阵来。

难能可贵的是，被社会边缘化的陈宇从来不曾怨天尤人，只是越来越封闭自己了，在屋顶间的小世界里自得其乐。他知道，自己的生活选择已经不会被任何人理解，他也知道这种朝不保夕的日子终于会向自己露出最狰狞的一面，但他别无他法，除了是个诗人，他什么都不是。

他始终都是个单纯的人，但别人可以单纯得可爱，他只有单纯得可怜。我很不愿意讲他从来都是一个孩子，但我心里的确是这样想的。之所以不愿意讲，因为在时下的语境里，这太像一个反讽。人们愿意相信纳兰容若是个孩子，但不愿相信陈宇也是。做孩子是有条件的——不但有，还很苛刻，所有的纯真与梦想，所有的快乐与悲伤，都需要在锦衣玉食和翩翩风度的衬托下才可以被人欣赏，而一个锁在屋顶间里发臭的男人是不配被看作一个孩子的。他只是一束被命运剥夺了土壤的杂草，没理由像花儿一样荣耀地枯萎。

时至今日，报刊亭里早已见不到《诗刊》《十月》《收获》这类杂志的身影，取而代之的是《时尚先生》《时尚伊人》《时尚旅游》……当然，文学期刊还是有的，有个好心的女孩建议陈宇向《最小说》投稿，那时我才知道，原来一个人的脸真的是可以变成绿色。

当宋默默在商人面前大谈诗歌的时候，陈宇在任何人面前都不再承认自己是个诗人。他虽然单纯，但也终于晓得这是一件丢脸的事情。诗歌，只有当你穿着高雅的西装，坐在高雅的西餐厅里，它才是高雅的，并且是有用的，所以宋默默的"诗人气质"才越来越被人称道——他越是远离诗歌，他才越是一个诗人。而陈宇，他宁可承认自己是个盲流。

4.

陈宇越来越不爱出来活动了，但在我最受打击的一次事件中，他知道我应付不来，便整日地忙前跑后。他甚至为此特意去公共澡堂洗了个澡，换了一身还算干净的衣服，这个细节让我感动了很久。我永远记得他那副单纯的笑脸——他那时非常尴尬，既想笑笑让我宽慰，又觉得此情此景似乎应该保持严肃，所以似笑非笑地露出一副古怪的表情，嗫嚅着说："反正，反正我是个闲人。"

宋默默当时正在外地，但还是寄了一份快递过来，巨大的包裹里是一堆鲜花（真不愧是他的风格），还有一张精美的卡片。

拿起卡片，里边是宋默默抄录的威廉·莫里斯的一首诗，是长诗《大地乐园》（*The Earthly Paradise*）的序曲：

> Of Heaven or Hell I have no power to sing,
>
> I cannot ease the burden of your fears,
>
> Or make quick-coming death a little thing,
>
> Or bring again the pleasure of past years,
>
> Nor for my words shall ye forget your tears,
>
> Or hope again for ought that I can say,

The idle singer of an empty day...

　　这是 19 世纪的英诗名作，还带着游吟诗人的悠扬韵律。读过几遍，在那音韵的安抚下，我的情绪确实应该平和一些才对。诗的中译是这样的：

> 我无法歌唱天堂或地狱，
>
> 我无法减轻压在你心头的恐惧，
>
> 无法驱除那迅将来临的死神，
>
> 无法招回那过去岁月的欢乐，
>
> 我的诗无法使你忘却伤心的往事，
>
> 无法使你对未来重新生起希望，
>
> 我只是个空虚时代的无用诗人。
>
> （朱次榴 译）

　　此情此景，宋默默挑了这首诗给我，仍然带着他那特有的炫能逞才的味道，但我偏偏被打动了。不是因为宋默默，也不是因为威廉·莫里斯这首诗本身，而是我在这首诗的文字倒影里分明看到了陈宇的那张笑脸。这首诗似乎该是陈宇写的才对，该是陈宇抄给我的才恰如其分，因为他的的确确就只是个"空虚时代的无用诗人"。

　　是的，在我最需要帮助的那些过于漫长的日子里，除了写一张附有诗歌的卡片之外，他本该什么都帮不到我。

用风餐露宿的一个季节，
走过手机短信的一个按键

这本书，是写给一个时代的情歌，也是写给一个时代的挽歌。除了绝对而彻底的怀旧主义者之外，还有几个人像我一样始终在斗转星移的光影交错里，永远流连在那个泛黄的时代而不肯前行呢？

我读诗，有时会用三五天的时间消磨一首三五行的小诗，有时也会用一个没有红茶的下午翻遍一部厚厚的诗集，因此竟会感觉时间忽快忽慢，悬殊如天壤，如读诗与不读诗的人。

极少的时候，我也会自己写上几行，但随写随丢，不但没有读者，连自己都被自己忘记。我认同本雅明的观点，古典诗歌的光环已经摔碎在水泥大道上，诗歌忽然变成了一种私人语言，不复为传播而存在。那天因写这本书而翻查资料，无意中翻出多年前的几行诗句。令我惊奇的是，它们至今看来居然像是昨天写就的——那种感觉简直有点毛骨悚然，究竟是时光真的不曾流逝，抑或是我，真的被禁锢在了一段时光的牢狱里：

> 房间里空无一人，
> 只有日记的声音，说给羊皮纸和羽毛笔：
> 我选择新左而非自由主义，
> 选择拉斐尔前派而非波洛克之后，

我知道十四行有彼特拉克和莎士比亚两种，
却读不懂《荒原》，更不明白
四月为什么残忍。

即便如今光环破碎，谜语连篇，
我只留心史留斯高地上精灵的呼唤。
就让驿马来传递我的声音——如果可能，
用风餐露宿的一个季节
走过手机短信的一个按键。

苏缨

图书在版编目（CIP）数据

诗的时光书：当你老了 / 苏缨，毛晓雯著 . — 长沙：湖南文艺出版社，2019.2
ISBN 978-7-5404-8056-1

Ⅰ . ①诗… Ⅱ . ①苏… ②毛… Ⅲ . ①诗歌欣赏—世界 Ⅳ . ① I106.2

中国版本图书馆 CIP 数据核字（2018）第 215265 号

上架建议：文学 / 诗歌鉴赏

SHI DE SHIGUANG SHU:DANG NI LAO LE
诗的时光书：当你老了

作　　者：苏　缨　毛晓雯
出 版 人：曾赛丰
责任编辑：薛　健　刘诗哲
监　　制：于向勇　秦　青
策划编辑：楚　静
营销编辑：刘晓晨　刘　迪　初　晨
封面设计：@ 设计装帧粉粉猫
版式设计：李　洁
内文排版：百朗文化
出版发行：湖南文艺出版社
　　　　　（长沙市雨花区东二环一段 508 号　邮编：410014）
网　　址：www.hnwy.net
印　　刷：三河市中晟雅豪印务有限公司
经　　销：新华书店
开　　本：875mm×1270mm　1/32
字　　数：240 千字
印　　张：9
版　　次：2019 年 2 月第 1 版
印　　次：2019 年 2 月第 1 次印刷
书　　号：ISBN 978-7-5404-8056-1
定　　价：42.00 元

若有质量问题，请致电质量监督电话：010-59096394
团购电话：010-59320018